De Cock en

A.C. Baantjer

De Cock
en dood door hamerslag

De Fontein

ISBN 978 90 261 1498 4
NUR 331
© 2008 Uitgeverij De Fontein, Utrecht
Omslag: Twin Design bv, Culemborg
Foto omslag: © ANP / foto: Cor Mulder
Zetwerk: V3-Services, Baarn

Alle rechten voorbehouden. All rights reserved. No part of this publication may be reproduced or transmitted in any form or by any other means, without written permission from the publisher.

1

Rechercheur De Cock van het aloude politiebureau aan de Amsterdamse Warmoesstraat, boog zich wat voorover, steunde met zijn ellebogen op het blad van zijn bureau en vlijde zijn brede kin in het kommetje van zijn handen. Genoeglijk blikte hij voor zich uit naar zijn jonge collega Dick Vledder, tegenover hem.
'Hoe was je vrije dag gisteren?'
De jonge rechercheur schoof zijn onderlip iets naar voren.
'Gezellig. Een dag zonder bureau Warmoesstraat is een dag volledige ontspanning. Dit werk houdt je toch in een knellende greep.'
De Cock trok een rimpel in zijn voorhoofd.
'Ken jij een existentiële onvrede?'
Vledder reageerde verward.
'Existentiële wat?'
'Onvrede.'
'Wat is dat?'
De Cock kwam overeind.
'Het gevoel,' verklaarde hij traag, 'dat je niet lekker in je vel steekt, dat je omgeving je niet meer bevalt, de mensen om je heen je irriteren, dat je ontevreden bent met het huidige bestaan dat je leidt. Kortom, dat je worstelt met een existentiële on-vre-de.'
Vledder haalde nonchalant zijn schouders op.
'Ik voel mij prima. Sinds ik Edmay heb leren kennen, ben ik een gelukkig man.'
De Cock knikte begrijpend.
'Je nieuwe vriendin.'
Vledder glimlachte. Er gloeide een glinstering in zijn blauwe ogen.
'Wij zijn het eens, zeer eens geworden,' grapte hij vorstelijk. 'Ik denk dat wij dit jaar nog voor de kerst gaan trouwen. We hebben er samen al over gesproken. We nodigen jou en je vrouw uit om als getuigen op te treden bij ons huwelijk.'

De Cock glunderde.
'Ik voel mij zeer vereerd,' sprak hij pathetisch. 'Zeer vereerd. En ik beloof je dat mijn vrouw en ik onze rol bij jullie huwelijk met verve zullen spelen.'
De jonge rechercheur lachte. 'Daar twijfel ik niet aan.'
Met zijn hoofd iets scheef keek Vledder zijn oude collega peinzend aan. 'Sukkel jij wel eens met een, eh... hoe heet het ook weer, een existentiële onvrede?'
De Cock schudde grijnzend zijn hoofd. De grillige accolades rond zijn mond dansten een vluchtige samba.
'Om een oude Maleise kreet te gebruiken: ik voel mij senang. Ik zou het wereldje van de misdaad, waarin ik nu al zo veel jaren opgewekt ronddool, voor geen goud willen missen. Ik denk dat ik door een existentiële onvrede zou worden bevangen wanneer eenieder plotseling braaf werd. Aan zo'n milieuramp wil ik gewoon niet denken.'
'Hoe kom jij zo op het gevoelige onderwerp "existentiële onvrede"?'
De uitdrukking op het gezicht van De Cock veranderde in ernst.
'Gisteren, tijdens jouw vrije dag, kwam plotseling de heer H.J.M. Opdenbroecke uit Antwerpen* hier bij mij aan de Warmoesstraat op bezoek.'
Vledder keek verrast op.
'Die kleine parmantige hoofdcommissaris van de Gerechtelijke Politie?'
'Precies.'
'Wat kwam hij doen?'
De Cock leunde in zijn stoel achterover.
'Ongeveer een halfjaar geleden gaf de familie van ene heer François Vandenberge, een 55-jarige steenrijke diamantair, bij de Gerechtelijke Politie in Antwerpen kennis van zijn vermissing en vroeg zijn opsporing. De diamantair was plotseling verdwenen. Hij was niet meer thuis en niet meer in zijn bedrijf komen opdagen. Enige tijd later trok de familie het verzoek tot

* zie: *De Cock en moord op de Bloedberg*

opsporing weer in. Men was erachter gekomen dat François Vandenberge nog in leven was en in Amsterdam een zwervend bestaan leidde. Pogingen om hem tot zijn familie en bedrijf te laten terugkeren, mislukten. De heer Vandenberge weigerde zijn zwervende bestaan op te geven.'
Vledder trok een grijns.
'Nu weet ik nog niet waarom Opdenbroecke uit Antwerpen bij ons was.'
De Cock zuchtte.
'Enige dagen geleden is het lijk van Vandenberge in een kraakpand hier in Amsterdam aan de Oostenburgergracht gevonden.'
Vledder fronste zijn wenkbrauwen.
'Vermoord?'
De Cock schudde zijn hoofd.
'De man was een natuurlijke dood gestorven, vermoedelijk een acute hartstilstand. Er waren geen sporen van misdaad of geweld. Volgens rechercheur Hans Rijpkema, die de zaak heeft afgewikkeld, lag de heer Vandenberge er heel vredig bij... kalm, op zijn rug, met gevouwen handen. Er waren geen uiterlijke tekenen van verwondingen. Hij was ook niet bestolen of beroofd. In de binnenzak van zijn slonzige colbert stak nog zijn slangenlederen portefeuille met identiteitspapieren, zijn creditcard van American Express en ruim zevenhonderd gulden.'
'Nu weet ik nog steeds niet,' riep Vledder kregelig uit, 'wat de heer Opdenbroecke hier kwam doen!'
De Cock maakte een afwerend gebaar.
'Geduld!' riep hij luid en bestraffend. 'Ik ben nog aan het vertellen. Sinds kort had de familie ontdekt dat tegelijk met de verdwijning van François Vandenberge een groot aantal kostbare diamanten uit zijn bedrijf was verdwenen. Kleurloze, briljant geslepen, loepzuivere stenen, waarvan sommige meer dan een karaat.'
Vledder floot tussen zijn tanden.
'Een vermogen.'
De Cock knikte instemmend.

'Het zijn diamanten van grote waarde en gezien hun gewicht en afmetingen toch vrij eenvoudig te verhandelen. Volgens de heer Opdenbroecke staat het niet absoluut vast dat François Vandenberge inderdaad verantwoordelijk is voor het verdwijnen van de stenen. Het is ook mogelijk dat een of ander personeelslid zich de diamanten onmiddellijk na de vermissing van de man heeft toegeëigend.'

'De heer Opdenbroecke van de Gerechtelijke Politie in Antwerpen,' resumeerde Vledder spottend, 'is belast met het onderzoek naar de verdwenen diamanten en was daarom in Amsterdam.'

De Cock staarde even peinzend voor zich uit. De spot ontging hem.

'Ik vroeg mij gisteren,' sprak hij ernstig, 'in bijzijn van Opdenbroecke af hoe iemand zoals die steenrijke Vandenberge, ertoe komt om plotseling zijn veilige en gerieflijke huis en haard te verlaten en zich over te geven aan het onbestemd en beslist oncomfortabel bestaan van een zwerver.'

'En?'

De Cock glimlachte.

'Opdenbroecke kende het antwoord.'

Vledder keek hem onderzoekend aan.

'Existentiële onvrede?'

'Exact.'

Een tijdlang zwegen beiden. Van buiten drong nauwelijks rumoer tot hen door. Alleen het gezoem van de printer verstoorde de stilte. De Cock keek omhoog naar de grote klok boven de toegangsdeur van de grote recherchekamer. Het was een paar minuten over tienen. Nog een klein uurtje en de avonddienst zat er weer op.

De oude rechercheur kwam vanachter zijn bureau omhoog en slenterde naar het raam, dat uitzicht gaf op de Heintje Hoekssteeg. De smalle steeg en de Warmoesstraat lagen er donker en verlaten bij. Een felle regenbui had de mensen van de straat verjaagd. De hanglampen boven het wegdek slingerden in de wind, zorgden voor lichtflitsen op het natte asfalt.

Vledder kwam naast hem staan.

'Doen wij nog iets aan die diamanten?'

De Cock schudde zijn hoofd.
'Het is een Belgische zaak. Laat Opdenbroecke in Antwerpen zijn eigen boontjes maar doppen. Ik denk dat hij wel weet waarmee hij bezig is. Antwerpen is van oudsher een centrum van de diamanthandel.'
Er werd op de deur van de recherchekamer geklopt. Vledder draaide zich half om en riep: 'Binnen!'
De deur gleed langzaam open en in de deuropening verscheen het beeld van een jonge vrouw. De vrouw met zijn ogen volgend liep De Cock terug naar zijn bureau en ging zitten. Hij schatte haar op achter in de twintig. Wellicht nog iets jonger. Ze droeg een wijde glimmende rode lakjas en korte rode laarsjes. Haar hoofd ging gedeeltelijk schuil onder een modieuze zuidwester met een brede rand.
Terwijl ze naderbij liep, nam zij zwierig haar hoed af. Een weelde aan goudblond haar golfde tot op haar schouders. Daarna knoopte ze heel langzaam haar regenmantel los.
De Cock nam geboeid, meer nog, gefascineerd het schouwspel in zich op. Ze was mooi, concludeerde hij, uitzonderlijk mooi.
Ze gleed bevallig uit haar regenmantel, drapeerde die over haar rechterarm. De oude rechercheur bezag aan het lijnenspel van haar nauwsluitende zwarte japon, dat hij een absoluut juiste conclusie had getrokken. Ze was inderdaad mooi, uitzonderlijk mooi.
Vledder snelde op de vrouw toe en nam haar hoed en regenmantel aan.
Langzaam schreed ze nader.
Bij het bureau van de oude speurder bleef ze staan en keek op hem neer. Een zoete glimlach gleed langs haar lippen.
'U bent... eh, rechercheur De Cock?'
De grijze speurder knikte.
'De Cock met... eh, met ceeooceekaa.'
Zijn stem klonk onzeker.
Ze glimlachte opnieuw.
'Men zei mij dat u zo zou reageren.'
De Cock gebaarde naar de stoel naast zijn bureau.
'Gaat u zitten. Wie is "men"?'
Ze nam plaats en streek haar rok glad.

'De mensen die mij aangeraden hebben u te consulteren.'
'En wie zijn dat?
'Mijn vriend, mijn vader, mijn beide broers. Zij waren mijn adviseurs.'
De Cock spreidde zijn handen.
'En waarover wenst u mij te consulteren?'
De zekerheid in zijn stem kwam terug.
Ze aarzelde even.
'Laat ik mij eerst even aan u voorstellen. Ik ben Madeleine... Madeleine de Bouchardon.'
De Cock keek haar bewonderend aan.
'Een mooie naam.'
Madeleine knikte instemmend.
'Ik stam uit een oud hugenotengeslacht. De Bouchardon is mijn meisjesnaam. Sinds mijn scheiding heb ik die weer aangenomen.'
De Cock gebaarde in haar richting.
'U was gehuwd?' vroeg hij overbodig.
Madeleine de Bouchardon liet haar hoofd iets zakken en knikte.
'Het was tot nu toe de grootste vergissing van mijn leven.'
Ze zweeg even en zuchtte diep. 'En sommige vergissingen blijven zich wreken.'
'Hoe?'
Madeleine keek naar De Cock op.
'Harold heeft onze scheiding nooit aanvaard.'
'Wie is Harold?'
'Harold de Vries... mijn ex-man. Hij valt mij nog dagelijks lastig.'
'Een stalker.'
'Inderdaad... een verschrikkelijk mens.'
De Cock trok zijn wenkbrauwen op.
'Waar woont u?'
'In de Johannes Verhulststraat achter het Concertgebouw.'
De Cock veinsde onbegrip.
'Waarom komt u naar de Warmoesstraat? U moet zich vervoegen aan het politiebureau van uw wijk.'

'Daar ben ik geweest. Men zegt daar dat men niets voor mij kan doen. Mij werd aangeraden om een advocaat in de arm te nemen met het doel de rechter te bewegen om Harold een straatverbod op te leggen.'
Ze schudde haar hoofd.
'Maar dat heeft totaal geen zin. Ik ken hem. Harold zal zich van zo'n straatverbod niets aantrekken.'
De Cock streek met zijn hand langs zijn nek.
'Hoe is dat zo gegroeid? Ik neem aan dat u eens van hem hebt gehouden, anders was u toch geen huwelijk met hem aangegaan.'
Madeleine ademde diep.
'Harold was vroeger best een aardige vent en het eerste jaar van ons huwelijk was ik volmaakt gelukkig. Maar in het tweede jaar begon hij te drinken, gebruikte ook drugs. Hij veranderde met de dag. Hij werd steeds agressiever, sloeg mij bont en blauw. Toen hij zich ook lichamelijk begon te verwaarlozen en er op den duur uitzag als een zwerver, heb ik hem door mijn broers de deur uit laten zetten. De dag daarop heb ik de scheiding aangevraagd.'
'En sindsdien valt hij u lastig?'
Madeleine boog haar hoofd.
'Het is onverdraaglijk. Hij belt mij midden in de nacht, staat voor de deur te schelden, loopt mij overal achterna, schrijft schunnige brieven naar mijn vader en naar de chef van het bureau waarvoor ik werk. Ik ben gewoon radeloos.'
Ze keek naar hem op. Haar onderlip trilde.
'En ik ben bang, meneer De Cock, hartstikke bang. Niet voor mijzelf. Echt niet. Ik heb het laatste jaar veel kunnen verdragen. Maar ik ben bang voor mijn vader, mijn vriend, mijn twee broers. Ze hebben gedreigd Harold te vermoorden.'
Ze strekte haar handen naar de grijze speurder uit en pakte de revers van zijn colbert vast. Met trillende handen trok ze de oude rechercheur iets naar zich toe. In de wijd opengesperde ogen las De Cock haar wanhoop.
'U moet mij helpen, meneer De Cock. U moet. Zij doen het. Ze maken hem van kant! Vandaag of morgen. Ik weet het. Het

gebeurt. Ik weet alleen nog niet wie het doet... mijn vriend, mijn vader of een van mijn broers. Maar het gebeurt. Daarvan ben ik overtuigd. En dan is dat mijn schuld... mijn schuld... mijn schuld.'
Ze liet de revers van De Cocks colbert los. Haar armen gleden langs haar lichaam.
'Mijn schuld... mijn schuld.'
Ze herhaalde het als een echo.

Toen Madeleine de Bouchardon, door Vledder heel galant in haar regenmantel geholpen, van de grote recherchekamer was vertrokken, liep de jonge rechercheur in een wilde tred op De Cock toe.
'Hoe kon je die vrouw nu beloven dat je die stalker hard gaat aanpakken?'
De oude rechercheur maakte een hulpeloos gebaar.
'Ik wilde haar geruststellen. Als ik haar naar waarheid had verteld dat wij in feite niets voor haar kunnen doen, dan was ze wellicht in paniek geraakt. Daar is niemand bij gebaat. Het leek mij beter haar een belofte te doen.'
Vledder grijnsde.
'Een loze belofte,' schamperde hij. 'Een belofte die je niet kunt nakomen.'
De Cock schudde zijn hoofd.
'Dat ben ik niet met je eens.'
Vledder zwaaide geagiteerd.
'We weten niet waar die Harold de Vries woont... waar hij zich ophoudt. Madeleine de Bouchardon kent zijn verblijfplaats niet.'
De Cock maakte een schouderbeweging.
'Dat is niet zo moeilijk. We posten een paar uurtjes in de Johannes Verhulststraat en als hij inderdaad een stalker is, zoals Madeleine hem schetst, dan komt hij daar vanzelf opdagen.'
'En dan?'
'Dan arresteren we hem.'
'Op grond waarvan?'
'Ik verzin wel wat.'

Vledder grinnikte vreugdeloos.

'Je bent onverbeterlijk. Je kunt alleen een verdachte arresteren. En een verdachte is iemand aan wie uit feiten en omstandigheden een redelijk vermoeden van schuld aan enig strafbaar feit kleeft. Dat hebben ze jou lang geleden op de politieschool geleerd.'

De Cock reageerde vertwijfeld.

'Ik kan die Harold de Vries toch de nodige angst aanjagen... hem vertellen dat hij met zijn leven speelt, dat de huidige vriend van Madeleine, haar vader en haar broers het plan hebben opgevat om hem te vermoorden als hij blijft stalken, als hij Madeleine blijft lastigvallen.'

De oude rechercheur zuchtte diep.

'In de politiewet staat,' ging hij verder, 'dat wij hulp moeten bieden aan degenen die dat behoeven. Madeleine de Bouchardon behoeft hulp. En als de wet ons daartoe te weinig mogelijkheden biedt, dan moeten wij onze fantasie gebruiken.'

'En de wet overtreden?' Vledder grijnsde en wachtte gespannen op een antwoord.

De Cock gaf het niet.

Het rinkelen van de telefoon op zijn bureau verbrak de stilte. Vledder ging achter zijn eigen bureau zitten, reikte ver naar voren en nam de hoorn op.

De Cock lette op zijn gelaatsexpressie en zag dat het gezicht van de jonge rechercheur verbleekte. Na enige ogenblikken legde Vledder de hoorn op het toestel terug.

De Cock keek hem vragend aan.

'Wie was het?'

'De wachtcommandant beneden.'

'En?'

'We moeten opdraven. Op de Westerdoksdijk, aan het einde van het Stenen Hoofd is het lijk van een jongeman gevonden.'

De Cock kneep zijn ogen half dicht.

'Moord?'

De jonge rechercheur knikte traag.

'Een ingeslagen schedel.'

2

De rechercheurs reden met hun oude Golf van de houten steiger achter het politiebureau. Het regende nog steeds. Opgejaagd door een felle wind met stormende kracht kletterden dikke regendruppels tegen de voorruit. Vledder draaide de Golf vanaf de Oudebrugsteeg het Damrak op. Onderwijl zette hij de ruitenwissers aan.
De Cock liet zich onmiddellijk onderuitzakken. De oude rechercheur meed sinds jaar en dag het uitzicht op zwiepende ruitenwissers, die, zo wist hij uit ervaring, een hypnotische uitwerking op hem hadden. Wanneer hij door de voorruit keek, kon hij de neiging niet onderdrukken om de zwaaiende bewegingen van de wissers met zijn blik te volgen. Hij had dan het idee na enige tijd, gevangen in een hypnose, zijn bewustzijn te verliezen.
Vledder keek opzij en gniffelde. Hij kende de zwakheid van zijn oude collega en genoot heimelijk.
'Je moet je eens laten onderzoeken,' snierde hij. 'Dat is niet gewoon. Misschien dat een vriendelijke, invoelende psychiater iets voor je kan doen.'
De Cock keek vanonder de klep van zijn oude vilten hoedje schuin omhoog. De spottende opmerking van zijn jonge collega trof hem.
'Bemoei je niet met mij,' reageerde hij geprikkeld. 'Let jij maar op de weg. Je rijdt weer veel te hard.'
'We zijn op weg naar een moord.'
De Cock schudde zijn hoofd.
'Hoe vaak heb ik het je al gezegd,' verzuchtte hij vermoeid, 'zelfs rechercheurs brengen doden niet meer tot leven.'
Als een stil protest drukte Vledder het gaspedaal nog iets verder in.
'Misschien is de dader nog in de buurt,' opperde hij.
De Cock snoof.

'Die blijft op ons wachten,' grinnikte hij vreugdeloos, 'naast het lijk, heel gedwee, met in zijn opgestoken hand een bordje met het opschrift: *hier staat de moordenaar die u zoekt.*'
Het klonk sarcastisch.
Vledder reageerde niet. Zijn rijgedrag had al vaker tot vergeefse discussies geleid.
Vanaf de Westerdoksdijk reed de jonge rechercheur de Golf het Stenen Hoofd op.
Aan het eind van de pier stond een politiewagen met blauw zwaailicht.
Vledder bracht de Golf achter de politiewagen tot stilstand en de beide rechercheurs stapten uit.
Een jonge diender liep in de stromende regen op De Cock toe, tikte ter begroeting tegen de rand van zijn pet en duimde over zijn schouder.
'Het lijk ligt daar... half tegen de muur, bijna op de hoek. Voor de regen hebben we hem met een brok zeildoek afgedekt.'
'Bang dat hij kou zou vatten.'
De diender keek De Cock verward aan. Het wrange grapje ontging hem.
'Kou vatten?'
De Cock wuifde het weg.
'Ik heb via de wachtcommandant,' ging de jonge diender verder, 'de meute* al voor u gewaarschuwd.'
'Bedankt. Wie heeft hem gevonden?'
'Een man van B&M Beveiliging & Alarmering. Hij deed zijn ronde langs de loodsen op het Stenen Hoofd. Ik heb geprobeerd hem vast te houden tot u kwam, maar de man wilde per se eerst zijn ronde afmaken.'
'Plichtsgetrouw.'
De diender lachte.
'Hij wel.'
'Heeft hij iets verdachts gezien... mensen in de omgeving?'
De jonge diender schudde zijn hoofd.

---

* Spottende benaming voor de groep mensen die bij de behandeling van een moord noodzakelijk is.

'Er was niemand op het Stenen Hoofd. In het donker struikelde de beveiligingsman bijna over de benen van het lijk.'
'Heb je de naam van die man?'
'Natuurlijk.'
De Cock glimlachte.
'Zet zijn naam met zijn verklaring over het vinden van het lijk in jouw mutatierapport. Dan vind ik dat morgen wel.'
De oude rechercheur liep langs de jonge diender naar een brok bruin zeildoek waaruit twee voeten staken met de hielen omhoog. Hij pakte zijn zaklantaarn en trok met een ruk het zeildoek weg. De man lag op zijn buik, zijn armen iets gespreid langs zijn lichaam. De handen waren stijf geklauwd als een laatste protest tegen de naderende dood. Zijn donkere haren en de rechterzijkant van zijn gezicht lagen in een grote plas donkerrood geronnen bloed.
De Cock bukte bij hem neer. Het rechteroog was in de plas bloed niet goed zichtbaar. Het linkeroog staarde wijd opengesperd in het niets.
De oude rechercheur liet het licht van zijn zaklantaarn over het achterhoofd van het slachtoffer dwalen. Ongeveer ter hoogte van de kruin was een grote gapende wond, waarin grijze hersenkronkels zichtbaar waren. Hij scheen met zijn zaklantaarn even in de pupil van het linkeroog. Er was geen reactie.
De Cock kwam uit zijn gebukte houding omhoog. Zijn oude knieën kraakten. Hij blikte opzij naar Vledder, die naast hem stond.
'Afgeslacht,' sprak hij grimmig, 'koelbloedig afgeslacht met een hamer of een bijl... door iemand die hem vermoedelijk van achteren heeft benaderd. Als ik de situatie goed inschat, dan heeft het slachtoffer geen schijn van kans gehad.'
Hij schudde zijn hoofd.
'Zo heftig heb ik dat in mijn lange rechercheloopbaan nog nooit meegemaakt. Gezien de aard van de verwonding moet de slag met grote kracht zijn toegebracht. De schedel is geheel geperforeerd... gespleten.'
Vledder bescheen het slachtoffer met het licht van zijn zaklantaarn.

'Hij ziet er niet erg appetijtelijk uit,' stelde hij vast. 'Gehavende, versleten kleren, afgetrapte schoenen en een vieze, onverzorgde baard, waarin nog etensresten kleven.'
De Cock knikte instemmend.
'Een zwerver?'
'Vast.'
Achter de Golf kwam een wagen tot stilstand. Met een aluminium koffertje in zijn rechterhand klom Bram van Wielingen achter het stuur vandaan en liep met een chagrijnig gezicht op De Cock toe.
'Kies jij altijd van dat hondenweer uit?'
De Cock stak zijn rechterhand met uitgestoken wijsvinger omhoog.
'Ik heb,' sprak hij theatraal, 'de hemelse machten niet in de hand. Voor klachten over het weer bij Onze-Lieve-Heer.'
De fotograaf glimlachte.
'Dat rijmt.'
Hij zette zijn koffertje tegen de muur van de loods en bekeek de dode man. Daarna gleed zijn blik terug naar De Cock.
'Die heeft een fikse tik op zijn kanis gekregen. Zijn kop lijkt wel een spaarpot voor rijksdaalders. Wacht dacht je... een bijl?'
De Cock trok zijn schouders op.
'We hebben nog geen moordwapen gevonden.'
Bram van Wielingen pakte zijn koffertje, nam daaruit zijn Hasselblad en monteerde een flitslicht.
'Heb je nog bijzondere wensen?'
De Cock schudde zijn hoofd.
'Je moet hier bij daglicht nog maar eens terugkomen. En probeer morgen na de sectie wat van zijn gezicht te maken. Voor de herkenning. We weten niet wie hij is. En... eh, ik ben wel geïnteresseerd in die verwonding op zijn achterhoofd. Het lijkt mij geen gewone bijl- of hamerslag.'
De fotograaf staarde een poosje naar de dode.
'Zou iemand hem nog herkennen... zo met die ruige vieze baard?'
'Proberen.'

Terwijl Bram van Wielingen in het dode gelaat flitste, kwam dokter Den Koninghe naderbij. Achter hem torenden twee reusachtige broeders van de Geneeskundige Dienst met hun onafscheidelijke brancard.
De grijze speurder slofte blij op de oude lijkschouwer toe en begroette hem hartelijk. De Cock had een zwak voor de excentrieke dokter met zijn ouderwetse grijze slobkousen onder een deftige streepjesbroek, zijn stemmig zwarte jacquet en zijn verfomfaaide groen uitgeslagen garibaldihoed.
'Hoe maakt u het?' vroeg hij uitbundig.
'Best.'
De Cock monsterde de kleding van de oude lijkschouwer.
'Hebt u geen regenjas bij u?' vroeg hij bezorgd. 'Een paraplu?'
Dokter Den Koninghe keek naar hem op. De regen tikte op de glazen van zijn ronde brilletje met metalen rand.
'Ik ben een regen- en windman,' sprak hij ferm.
De Cock accepteerde de uitleg en leidde de oude lijkschouwer naar de dode.
'Het is een van de gruwelijkste moorden,' sprak hij hoofdschuddend, 'die ik in mijn leven ben tegengekomen. Een bruut ingeslagen schedel.'
Dokter Den Koninghe grijnsde breed.
'Moorden zijn in wezen niet gruwelijk, maar de mensen die ze bedrijven.'
Hij trok de pijpen van zijn streepjesbroek iets omhoog en knielde bij de dode neer. Hij bekeek de schedelwond aandachtig. Daarna drukte hij in een devoot gebaar de oogleden van de dode toe.
Al na luttele seconden kwam de dokter overeind. Hij bekeek zijn linkerhand, waaraan geronnen bloed kleefde. Hij strekte de hand voor zich uit en liet de regen het bloed wegspoelen. Daarna nam hij met precieze bewegingen zijn bril af, pakte zijn witzijden pochet uit het borstzakje van zijn jacquet en poetste de glazen. De Cock kende de gebaren. In de stromende regen deden ze grotesk aan.
'Hij is dood,' sprak de dokter laconiek.
'Dat begreep ik,' reageerde De Cock simpel.

Dokter Den Koninghe wees naar de dode.
'Nog niet zo lang. Hooguit anderhalf tot twee uur. Ondanks de regen is zijn lichaamstemperatuur nog niet veel afgenomen.'
'Een drugsgebruiker?'
Dokter Den Koninghe zwaaide de vraag weg.
'Dat moeten ze in Rijswijk* maar uitzoeken.'
Hij zette zijn bril weer op en plooide zijn pochet terug in het borstzakje van zijn jacquet. Hij keek naar De Cock op.
'De doodsoorzaak heb je zelf al vastgesteld.'
De oude rechercheur knikte.
'Een ingeslagen schedel.'
'Perfect.'
De kleine lijkschouwer draaide zich om en liep wuivend weg. De Cock keek hem na. Daarna wendde hij zich tot de fotograaf, die zijn fraaie Hasselblad, beschermend tegen de regen, behoedzaam in zijn koffertje teruglegde.
'Ben je klaar?'
Bram van Wielingen knikte.
'Morgenochtend, voor dokter Rusteloos met zijn sectie begint, maak ik een paar portretjes van hem. Ik veeg eerst zijn gezicht schoon.'
De fotograaf pakte zijn aluminium koffertje van de straat en hield het omhoog.
'Deze plaatjes heb je morgenochtend op je bureau.'
'Komt er nog een dactyloscoop?'
Bram van Wielingen schudde zijn hoofd.
'Ik heb Ben Kreuger niet gewaarschuwd,' legde hij uit. 'Zijn werk heeft in die stromende regen geen enkele zin. Ik neem hem morgenochtend wel mee om vingerafdrukken te maken. Misschien hebben we hem in ons bestand.'
De Cock knikte begrijpend.
De fotograaf zwaaide met zijn vrije hand ten afscheid en liep snel naar zijn wagen.
De Cock wenkte de broeders van de Geneeskundige Dienst naderbij. Ze tilden de dode met zijn rug op de brancard.

---

* Daar is het Gerechtelijk Laboratorium.

De oude rechercheur liep op hen toe beduidde hen om even te wachten. Zijn hand gleed naar de binnenzakken van het versleten colbert van het slachtoffer. Hij vond een natte, bruinlederen portefeuille en gaf die aan Vledder.
'Stop weg, voor hij verder nat wordt.'
Daarna gaf hij de broeders een teken dat ze verder konden gaan. Ze drapeerden een laken om het slachtoffer, sloegen de canvasflappen dicht en sjorden de riemen aan.
De Cock keek toe. Hij voelde zich triest. Hoeveel slachtoffers van misdrijf had hij in zijn leven al zien wegdragen? Tientallen? Meer nog?
Toen de ambulancewagen wegreed en de rode achterlichten vervaagden, draaide hij zich om. Over het water van het IJ hing een grauwe regensluier. Zo nu en dan klonken de misthoorns van elkaar passerende schepen. Het eentonige geluid, zo ondervond hij, boezemde angst in. De Cock tuurde over het water. De lichten van het stadsdeel aan de overkant leken mijlen ver weg. Langzaam draaide hij zich naar de plek waar het lijk had gelegen. Toen hij zijn hoofd iets vooroverboog, gleed een straaltje regenwater uit het gootje van zijn hoed. Sterven in deze ambiance, besefte hij pijnlijk, moest voor het slachtoffer een verschrikking zijn geweest. Hij sloot even zijn ogen. De felle regen kletterde in zijn gezicht. Of was de dood, zo vroeg hij zich af, zo snel gekomen dat er geen moment van besef meer was?
Vledder tikte op zijn rug.
'Wil je hier overnachten?'
De spottende opmerking bracht De Cock terug in de realiteit.
De rechercheurs slenterden naar de Golf en stapten in. Vledder startte niet. Hij deed het lichtje boven hun hoofd aan en diepte de portefeuille van het slachtoffer op uit zijn jaszak.
Hij opende de portefeuille en bekeek de bescheiden. Plotseling verbleekte hij.
De Cock zag het.
'Wat is er?'
De jonge rechercheur slikte.
'Weet je wie hij was?'
'De dode?'

Vledder knikte.
'Deze bescheiden staan alle op naam van ene Harold, Harold de Vries.'
De mond van De Cock viel half open.
'Allemachtig... de ex-man van Madeleine de Bouchardon.'

3

Toen De Cock de volgende morgen opgewekt en vals fluitend de grote recherchekamer binnenstapte, trof hij Vledder gebogen over het toetsenbord van zijn computer.
De Cock zwaaide ter begroeting, riep luid en uitbundig 'goedemorgen!' en zwiepte zijn hoedje missend naar de staande kapstok. Met een zoete grijns op zijn gezicht slenterde hij naderbij, bukte voor zijn hoedje op de vloer en trok zijn vale regenjas uit. Daarna wandelde hij naar zijn bureau.
Vledder liet zijn vingers even rusten en keek op.
'Je bent laat,' sprak hij bestraffend. Hij blikte even naar de grote klok boven de toegangsdeur. 'Zeker een halfuur.'
De Cock knikte instemmend.
'Inderdaad,' sprak hij berustend, 'vrijwel elke dag... te laat... een sociale tekortkoming... die ik evenwel koester.'
Hij stak bezwerend zijn rechterwijsvinger omhoog.
'Maar in het totaal van mijn arbeidsuren komt de gemeenschap niets aan mij te kort. Beslist niet.'
Vledder schudde afkeurend zijn hoofd.
'Je behoort hier om negen uur te zijn. De regels van dit bureau gelden ook voor jou.' Hij zweeg even. 'Buitendam was hier al.'
'Wanneer?'
'Even na negen uur. De commissaris was wel op tijd en vroeg naar jou.'
De Cock voelde even zijn hartslag. De naam van commissaris Buitendam zorgde altijd voor een lichte verhoging van zijn bloeddruk.
'Wat wilde hij?' vroeg hij achterdochtig.
'Een onderhoud.'
De Cock kneep zijn ogen samen.
'Waarover?'
Vledder trok zijn schouders op.

'Geen idee. Hij heeft mij niets gezegd. Tegen mij is hij nooit zo openhartig.'
De Cock keek zijn jonge collega onderzoekend aan.
'Had hij de pest in?'
'Dat leek mij niet. Integendeel, hij was heel opgewekt: "Als het de oude speurder gelegen komt, laat hem dan even bij mij komen."'
De Cock fronste zijn wenkbrauwen.
'Zei hij dat?' vroeg hij ongelovig.
'Dat zei hij. Exact. Het is niet mijn gewoonte om tegen jou te liegen.'
De jonge rechercheur beschouwde het onderhoud als afgedaan. Hij boog zich weer voorover en vervolgde zijn lijvig proces-verbaal van bevindingen.
De Cock bleef even besluiteloos staan. Hij wantrouwde de kreet 'oude speurder' en de toevoeging 'als het hem gelegen komt'. Dat was niet het vocabulaire dat hij van Buitendam kende. Met gemengde gevoelens liep hij de grote recherchekamer af op weg naar de imposante werkplek van de commissaris.

Commissaris Buitendam, de lange statige chef van het politiebureau aan de Amsterdamse Warmoesstraat, wenkte met een slanke hand naar de stoel voor zijn bureau.
'Ga zitten, De Cock,' sprak hij geaffecteerd. 'Ik wil met je praten.'
'Waarover?'
Buitendam trok zijn gezicht in een vriendelijke plooi.
'Over de moord op die arme zwerver aan het einde van het Stenen Hoofd. Ik heb vanmorgen het mutatierapport van een jonge diender gelezen.'
Hij wenkte opnieuw naar de stoel voor zijn bureau.
'Ga toch zitten,' gebood hij dringend.
De oude rechercheur trok een stuurs gezicht en nam onwillig plaats. Hij zat niet graag. Het liefst bleef hij staan, rechtop, zijn armen langs zijn lijf en zijn benen iets uit elkaar. Dan voelde hij zich weerbaar en meer gespannen. Hij had geen hekel aan zijn commissaris, maar wanneer Buitendam hem ontbood, bezag hij

hem steeds met argwaan. Het was een houding van strijdlust, van protest, die hij bij voorbaat aannam om zich tegen eventuele aantijgingen te verweren.
'Iemand sloeg hem met een nog onbekend voorwerp een gat in zijn hersenpan,' legde hij uit. 'Hij moet vrijwel onmiddellijk dood zijn geweest.'
Buitendam knikte begrijpend.
'Leidde de man... het slachtoffer, ook het leven van een zwerver?' vroeg hij geïnteresseerd.
'Vermoedelijk... vrijwel zeker. Zijn kleding en zijn onverzorgde uiterlijk wijzen in die richting.
'Had hij een eierschedel?'*
'Absoluut niet. Het schedeldak van het slachtoffer was van normale dikte. Geen afwijking. Dokter Rusteloos zal dat na de sectie zeker bevestigen. De kracht, waarmee de slag werd toegebracht, duidt op de absolute wil van de dader om te doden.'
'Heb je aanwijzingen?'
'Gisteravond meldde zich bij Vledder en mij een vrouw, ene Madeleine de Bouchardon, die zich beklaagde over het feit dat zij door haar ex-man, genaamd Harold de Vries, voortdurend werd lastiggevallen.'
Buitendam keek hem vragend aan.
'Haar ex-man opereerde als stalker?'
'Precies.'
'En?'
'Wat bedoelt u?'
'Het vervolg?'
De Cock zuchtte. Hij gaf niet graag vroegtijdig bijzonderheden prijs.
'Op het slachtoffer hebben wij bescheiden gevonden ten name van Harold de Vries.'
'Een merkwaardige coïncidentie.'
'Inderdaad.'
'Hoelang denk je dat het zal duren voor je de zaak hebt geklaard?'

* Zeer dunne schedel, waarin gemakkelijk breuken komen.

De Cock trok zijn schouders op.
'Dat is moeilijk te zeggen.'
'Een paar dagen?'
'Wellicht.'
De ogen van Buitendam lichtten op.
'Toch geen weken?'
De Cock ontmoette de felle blik van zijn commissaris. In zijn gemoed groeide iets van verzet.
'Als het weken duurt,' reageerde hij nukkig, 'duurt het weken.'
Commissaris Buitendam snoof.
'Wij hebben bij de recherche slechts een beperkt aantal manuren ter beschikking. Daar moeten we zuinig mee omspringen. Er kunnen zich belangrijker zaken aandienen dan de dood van een zwerver.'
'Een zwerver is ook een mens.'
Buitendam knikte.
'Zeker, zeker, zeker,' sprak hij gehaast. 'Maar wat is de economische inbreng van zo'n man?'
De Cock kwam uit zijn stoel overeind.
'Is dat uw criterium?' vroeg hij geschrokken. 'De economische inbreng van een mens... bepaalt dat of wij al of niet aandacht aan zijn dood schenken?'
Buitendam begon duidelijk zijn geduld te verliezen.
'Wij hebben zwervers zat,' reageerde hij fel. 'Het wemelt van de zwervers in onze stad. Een zwerver meer of minder is van geen enkel maatschappelijk belang. Het heeft geen enkele zin om daar veel tijd aan te verspillen.'
Het kille standpunt van de commissaris trof De Cock in het diepst van zijn ziel. Hij voelde hoe het bloed in zijn aderen begon te koken. Om zich te beheersen drukte hij zijn nagels diep in de palmen van zijn handen.
'Maatschappelijk belang,' zei hij. 'Wat is van maatschappelijk belang? Er is op weerzinwekkende wijze een man vermoord. Met of zonder uw toestemming. Ik zal de moordenaar vinden.'
Hij boog zich iets naar voren.
'Al duurt het jaren.'

Commissaris Buitendam kwam met een ruk overeind. Zijn smalle gezicht zag bleek en zijn neusvleugels trilden. Hij strekte zijn rechterarm naar de deur.
'Eruit.'

Toen De Cock in de grote recherchekamer terugkwam, keek Vledder hem monsterend aan.
'Was het weer zover?'
De Cock knikte.
'Ik werd weer zijn kamer afgestuurd,' sprak hij somber. 'Buitendam kan het niet laten. Hij geeft je nauwelijks kans om je standpunten te verdedigen.'
'Wat was de reden?'
'Ik was het niet met hem eens.'
'Waarover?'
De Cock liet zich in de stoel achter zijn bureau zakken.
'De intrinsieke waarde van een mens.'
'De wat?'
De Cock strekte zijn handen voor zich uit.
'De waarde van een mens voor de samenleving. Een zwerver is volgens de zienswijze van commissaris Buitendam van geen enkel maatschappelijk belang en dus is het onzinnig om veel tijd aan zijn gewelddadig overlijden te schenken.'
Vledder keek hem ongelovig aan.
'Hij bedoelt dat wij er niets aan moeten doen?'
'Een paar dagen. Maar dan moet het wel bekeken zijn.'
'Hij is gek.'
'Hij is niet gek. Zeker niet. Ik ben alleen bang dat zijn zienswijze een trend wordt, dat men mensen gaat schiften naar hun belangrijkheid.'
Vledder schudde resoluut zijn hoofd.
'Aan die trend doe ik niet mee,' sprak hij ferm.
Met een twinkeling in zijn ogen keek De Cock zijn jonge collega secondenlang aan.
'Dick Vledder,' sprak hij opgelucht, 'jij bent een man naar mijn hart.'

Er werd vinnig op de deur van de grote recherchekamer geklopt en Vledder riep: 'Binnen!'
De deur gleed open en in de deuropening verscheen een jongeman. De Cock schatte hem op rond de vijfendertig jaar. Hij droeg een keurig, donkergrijs driedelig kostuum, waarover een iets getailleerde half dichtgeknoopte donkerblauwe mantel. Hij liep resoluut naar De Cock toe.
'Ik heb begrepen,' sprak de jongeman luid, 'dat Madeleine... Madeleine de Bouchardon, gisteravond met u heeft gesproken.'
De oude rechercheur keek langzaam omhoog.
'Met... eh, met wie heb ik het genoegen?' vroeg hij toonloos.
Er verscheen een blos op het gezicht van de jongeman.
'Neem... neemt u mij niet kwalijk,' stotterde hij. 'Mijn naam is Jeroen... Jeroen van Moerdijk.'
De Cock gebaarde uitnodigend naar de stoel naast zijn bureau.
'Neemt u plaats.'
Jeroen van Moerdijk knoopte zijn jas verder open en ging zitten.
'Ik heb al geruime tijd,' opende hij voorzichtig, 'een relatie... een intieme verhouding met Madeleine de Bouchardon. Ik denk dat wij nog dit jaar zullen huwen.'
Hij zweeg even.
'Madeleine,' ging hij verder, 'heeft sinds haar scheiding van Harold de Vries problemen. Harold valt haar lastig. De wijze waarop hij zich gedraagt kan beslist niet door de beugel en ik begrijp volkomen dat Madeleine zich tot u heeft gewend om hulp.'
'Die vrijheid had zij?'
Het klonk cynisch uit de mond van De Cock.
Jeroen van Moerdijk negeerde de opmerking.
'Madeleine heeft mij gisteravond,' ging hij rustig verder, 'van haar onderhoud met u verteld. Uit haar relaas kreeg ik de indruk dat zij heeft gesuggereerd dat ook ik bereid en in staat zou zijn om Harold iets aan te doen.'
De Cock knikte.
'Dat is juist.'

'Dat is een verkeerde voorstelling van zaken. Hoewel ik zijn gedrag verwerpelijk vind, zal ik Harold nooit gewelddadig benaderen. Harold de Vries en ik zijn altijd bevriend geweest. Middels hem heb ik Madeleine leren kennen. Madeleine en Harold vormden toen nog een gelukkig paar.'
De Cock knikte begrijpend.
'Hebt u persoonlijk iets met de veranderde levenshouding van Harold te maken?'
Jeroen van Moerdijk schudde zijn hoofd.
'Het is mij ook een raadsel waarom Harold in zo'n korte tijd verslonsde. Ik denk dat het iets met haar familie heeft te maken. De familie De Bouchardon, met vader De Bouchardon aan het hoofd, vormt een hechte gemeenschap... een clan met strenge normen en waarden. Ik denk dat Harold op den duur niet in staat was om aan de gestelde eisen te voldoen.'
'Welke eisen?'
'De Bouchardons – hugenoten, die zich aanvankelijk in Antwerpen vestigden – handelen al sinds generaties in diamanten. Het was de wil van vader De Bouchardon dat Harold in het familiebedrijf zou worden opgenomen. Ook zijn zwagers drongen daar sterk op aan.'
'Die druk was Harold te veel?'
'Dat denk ik. Harold de Vries had in 's-Gravenhage de Koninklijke Hogeschool voor Beeldende Kunsten, Muziek en Theater gevolgd. Hij is in zijn hart een artiest... een man die gruwt van handel en bedrog.'
'Handel en bedrog... synoniemen?' vroeg De Cock.
'Soms.'
De oude rechercheur boog zich iets naar Jeroen toe.
'Heeft de familie De Bouchardon ook op u... als toekomstig lid van de familie... druk uitgeoefend?'
'Zeker.'
'En?'
Jeroen van Moerdijk glimlachte.
'Ik kan die druk wel aan. Ik ben geen kunstenaar, zoals Harold... geen man met een kunstenaarsziel. Ik heb een tijdje prehistorie gestudeerd met een bijzondere voorliefde voor het Moustérien.

Diamanten liggen mij dus wel. Daarom, ik heb mijn keuze al bepaald. Ik kies voor Madeleine.'
De Cock grijnsde.
'Dus voor de Bouchardons.'
'Inderdaad.'
'En Harold de Vries.'
Jeroen van Moerdijk trok zijn gezicht strak.
'Die koos voor zichzelf.'
'Waarom viel hij haar dan na de scheiding nog steeds lastig?'
'Ik denk dat hij in stilte hoopte dat zij ondanks de scheiding voor hem zou kiezen, als hij maar lang genoeg aandrong.'
'In dat opzicht bent u, de huidige minnaar van Madeleine, voor hem een obstakel.'
Jeroen van Moerdijk trok zijn schouders op.
'Ik denk niet dat Harold dat zo voelt.'
'En u?'
'Wat bedoelt u?'
'Hoe beziet u de pogingen van Harold?'
Jeroen van Moerdijk liet zijn hoofd iets zakken.
'Als Madeleine opnieuw voor mijn oude vriend Harold zou kiezen, dan heb ik daar vrede mee. Het lijkt mij onverstandig om met een vrouw te trouwen die van een ander houdt.'
'U wordt geen stalker?'
'Zeker niet.'
De Cock zweeg geruime tijd, voor het effect.
'Wij hebben gisteravond het lijk van Harold de Vries gevonden. Iemand had met een of ander zwaar voorwerp zijn schedel ingeslagen.'
Jeroen van Moerdijk deinsde op zijn stoel terug. Zijn gezicht zag bleek en zijn mond viel open.
'Harold... vermoord?'
De Cock knikte.
'Absoluut. Er blijft geen ruimte voor een andere zienswijze.'
Jeroen van Moerdijk keek hem geschrokken aan.
'Maurice,' hijgde hij. 'Maurice de Bouchardon... heeft hij het toch gedaan.'

4

Toen Jeroen van Moerdijk als een gebroken man, sloffend en met gebogen hoofd, de grote recherchekamer had verlaten, keek Vledder De Cock verrast aan.
'De dood van Harold de Vries heeft hem geschokt. Hij is er werkelijk kapot van.'
De Cock ademde diep.
'Als Harold de Vries een echte vriend van hem was, dan is dat begrijpelijk. Echte vrienden zijn zeldzaam.'
Vledder kwam achter zijn bureau vandaan.
'Wat doen we?' vroeg hij. 'Gaan we nu onmiddellijk naar de Reguliersdwarsstraat?'
Zijn oude collega reageerde wat verward.
'Wat is daar?'
Vledder wees naar het telefoonboek voor zich op zijn bureau.
'Ik heb het even opgezocht. Daar woont Maurice de Bouchardon.'
'Wat wil je met Maurice de Bouchardon?'
In zijn stem vibreerde achterdocht.
'Hem arresteren. Wat anders? Hem condoleren met het verlies van zijn gewezen zwager.'
De Cock keek hem berustend aan.
'Bijvoorbeeld.'
'We pakken hem gewoon op. Een paar dagen cel doet soms wonderen.'
'Wil je nu al tot actie overgaan?'
Vledder knikte nadrukkelijk.
'De verklaring van Jeroen van Moerdijk laat volgens mij aan duidelijkheid niets te wensen over.'
'Hoe bedoel je?'
Vledder spreidde zijn armen.
'Maurice achtte zich als oudste zoon de enige relevante behoeder en beschermer van het aanzien en de eer van de oude en zeer eerbiedwaardige familie De Bouchardon.'

Het klonk spottend.
'En?'
De jonge rechercheur grijnsde.
'Uit dien hoofde meende Maurice, de resolute en sterke broer van Madeleine, zo snel mogelijk tot daden te moeten overgaan. Zijn kreet "Ik sla die ellendeling vandaag of morgen zijn hersens in", is gisteravond realiteit geworden.'
De Cock trok een bedenkelijk gezicht.
'Mensen,' relativeerde hij, 'zeggen in hun hartstocht en opwinding wel meer dingen waarvan zij op dat moment de draagwijdte niet willen of wellicht niet kunnen overzien.'
'Jij acht het een loze kreet?'
'Dat weet ik niet,' antwoordde De Cock onzeker. 'Ik vind de verklaring van Jeroen van Moerdijk te gering van gewicht om nu al tot een ingrijpende arrestatie over te gaan. We hebben verder niets... niets concreets... geen aanwijzingen, geen sporen. Misschien heeft Maurice de Bouchardon voor het tijdstip van de moord wel een waterdicht alibi.'
Hij zweeg even.
'En denk eens aan de dichtregels van wijlen Willem Elsschot: *Hij dacht, ik sla haar dood en steek het huis in brand.'*
Vledder grinnikte.
'Maar doodslaan deed hij niet,' vervolgde hij declamerend, *'want tussen droom en daad staan wetten in de weg en praktische bezwaren.'*
De jonge rechercheur zweeg even. De Cock wist nu dat ook hij zijn klassieken kende.
'Denk jij,' vroeg hij peinzend, 'dat wetten en praktische bezwaren voor Maurice de Bouchardon een beletsel hebben gevormd?'
'Praktische bezwaren... wellicht.'
'Wetten?'
De Cock schudde traag zijn hoofd.
'Wie laat zich in dit tijdperk van ziekelijk narcisme nog door wetten weerhouden?'
Vledder negeerde de cynische opmerking van zijn oude collega.
'De woede-uitbarsting van Maurice de Bouchardon en zijn

daarbij uitgesproken bedreigingen hebben op Jeroen van Meerdijk diepe indruk gemaakt.'
'Het zal met veel theater zijn geventileerd.'
'Show?'
'We zullen Maurice de Bouchardon daarover aan de tand moeten voelen. Kijken hoe hij op zijn uitlatingen reageert?'
De oude speurder staarde secondenlang voor zich uit.
'Er is mij iets vreemds opgevallen.'
'Wat?'
'Herinner jij je nog wat Madeleine de Bouchardon in haar wanhoop zei?'
Vledder knikte.
'Dat zij bang was dat haar ex-man, Harold de Vries, zou worden vermoord omdat hij haar als stalker het leven vergalde.'
De Cock keek hem vragend aan.
'Door wie?'
'Wat bedoel je?'
'Door wie zou hij worden vermoord?'
'Ze noemde ons haar vriend, haar vader en mogelijk een van haar broers.'
De Cock knikte opnieuw.
'Precies. In die volgorde.'
'Wat wil je daarmee zeggen?'
De Cock hield een gestrekte wijsvinger voor zijn neus.
'Zij achtte Jeroen van Moerdijk wel degelijk tot een moord in staat en noemde hem het eerst... terwijl ze moet hebben geweten dat tussen Jeroen en haar ex-man vriendschappelijke betrekkingen bestonden.'
Het gezicht van Vledder trok strak.
'Dezelfde vriendschappelijke betrekkingen,' sprak hij verbeten, 'die Jeroen van Moerdijk aanvoert om ons te doen geloven dat hij nooit tot een moord op Harold de Vries in staat zou zijn geweest.'
De jonge rechercheur schudde mistroostig zijn hoofd.
'De Cock,' sprak hij met een zucht, 'we zitten weer midden in de ellende.'
De oude rechercheur knikte.

'Hoe laat is de sectie?'
'Vanmiddag om twee uur.'
'Neem Madeleine de Bouchardon vanmiddag mee naar Westgaarde. Laat haar het lijk van Harold de Vries zien. Uiteraard vóórdat dokter Rusteloos met zijn sectie begint. We kunnen de confrontatie als een officiële herkenning gebruiken. Let... eh, let bij het tonen scherp op haar reacties. Vergeet niet, dat ook zij een mogelijke verdachte is.'
Vledder keek verschrikt naar De Cock op.
'Je hebt gelijk. Waarachtig. Dat was mij ontgaan. In feite rust op haar het zwaarste motief. Zij werd door het slachtoffer op een voor haar ondraaglijke wijze lastiggevallen.'
De jonge rechercheur zweeg even.
'En als Madeleine de zwerver niet als haar ex-man herkent?'
Het gezicht van De Cock versomberde.
'Dan hebben we een extra probleem... een onbekend lijk... met gestolen papieren.'

De telefoon op het bureau van De Cock rinkelde. Vledder boog zich ver naar voren en pakte de hoorn op. Hij luisterde enige tijd en hield toen zijn linkerhand voor het spreekgedeelte.
'Het is de wachtcommandant. Beneden voor de balie staat een zwerver.'
'Een zwerver?'
Vledder knikte.
'Hij vraagt om nadere inlichtingen over de dood van Harold de Vries.'
'Wat vraagt hij?' vroeg De Cock geschrokken.
Vledder hield de hoorn iets verder omhoog.
'Inlichtingen,' herhaalde hij, 'over de dood van Harold de Vries.'
De Cock trok denkrimpels in zijn voorhoofd.
'Hoe weet die vent... Laat hem boven komen.'

De Cock keek de man die op de stoel naast zijn bureau was geploft, onderzoekend aan. Hij zag er vaal en onverzorgd uit, maar zijn donkerbruine ogen stonden helder. De oude rechercheur schatte hem op achter in de veertig, maar hij realiseerde

zich onmiddellijk dat die schatting, gezien het verwaarloosde uiterlijk van de man, weinig zekerheid bood. Vermoedelijk was hij jaren jonger.
Met zijn ruige haardos van een ondefinieerbare kleur, boog de man zich naar hem toe.
De grijze speurder snoof. Een zoete zweetgeur prikkelde zijn neusgaten.
'Steek van wal,' opende hij vriendelijk.
De man keek hem schattend aan
'U bent toch rechercheur De Cock?'
'De Cock... eh, De Cock met ceeooceekaa,' antwoordde hij bijna automatisch. 'Ik wil graag dat mijn naam goed wordt gespeld.'
Om de mond van de man gleed een glimlach.
'Ceeooceekaa,' grinnikte hij, 'uw handelsmerk. Ik ben Adriaan... Adriaan van Bovenkerk.'
Hij grinnikte opnieuw.
'Van beroep zwerver.'
De Cock liet de opmerking aan zich voorbijgaan.
'U... eh, u wilt inlichtingen over de dood van Harold de Vries?' vroeg hij weifelend.
Adriaan van Bovenkerk knikte.
'Ik wil weten hoe hij om het leven werd gebracht en of u al oog hebt op een dader?'
'Wie... eh, wie heeft u van zijn dood verteld? Ik heb zijn gewelddadige overlijden tot nu toe buiten de pers gehouden.'
Adriaan van Bovenkerk wees naar de telefoon op het bureau van De Cock.
'Onze tamtam gaat sneller dan uw telefoon.'
De oude rechercheur keek hem strak aan.
'Ik kreeg geen antwoord op mijn vraag. Wie heeft u van zijn dood verteld?'
Adriaan van Bovenkerk grijnsde.
'Dat antwoord wil ik u niet geven. Nog niet. Maar ik beloof u dat ik u straks duidelijk zal maken hoe wij aan de wetenschap van zijn dood zijn gekomen.'
'Graag.'

De zwerver vouwde zijn handen en toonde vervuilde vingers en een dubbele rij nagels met rouwrandjes.

'Ik kan u wel zeggen,' sprak hij ernstig, 'dat er in mijn... eh, mijn kennissenkring druk over zijn dood wordt gespeculeerd.'

'Over het motief?'

'Wij beschouwen Harold de Vries als een van ons... een lieve, beminnelijke en desondanks verstoten man, die onze aandacht en hulp verdient.'

'Hij is dood.'

'Maar zijn moordenaar leeft.'

'En?'

Adriaan van Bovenkerk verschoof iets op zijn stoel.

'Er is ons veel aan gelegen dat de moordenaar van Harold de Vries wordt gestraft. Zelfs in onze kringen hecht men nog waarde aan gerechtigheid.'

Hij trok zijn gezicht in een ernstige plooi.

'Wij bieden u onze hulp aan.'

Over het gezicht van De Cock gleed een glimlach.

'Hoe wilt u die realiseren?'

De zwerver bracht zijn handen even voor zijn ogen en nam ze daarna weer weg.

'Wij zijn met velen. En we zijn niet blind. Wij hebben ogen en oren, overal. U vroeg zich af hoe wij kennis droegen van Harolds dood.'

'Inderdaad.'

'Voordat de bewaker van de beveiligingsdienst over de voeten van Harold struikelde, had een van ons hem al zien liggen. Op de verlaten kop van het Stenen Hoofd. Er is daar een rooster... een metalen rooster. Vanuit de opslagruimten op het Stenen Hoofd wordt via dat rooster warme lucht geventileerd. Het is voor ons een geliefde slaapplaats.'

De Cock kneep zijn ogen half dicht.

'Wie is die man die de dode Harold zag?'

'Dat zeg ik u niet.'

'Waarom heeft hij zijn vondst niet aan ons gemeld?'

'Wat is een zwerver?' sprak Adriaan geringschattend. 'Voor een op succes beluste rechercheur een gemakkelijke prooi om

als verdachte aan te merken. Onze man meende dat hij de politie die kans niet mocht geven.'
De Cock leunde achterover in zijn stoel. De opmerking prikkelde hem.
'Ik ben geen op succes beluste rechercheur!' riep hij kwaad. 'Laat mij met die man praten. Ik ben niet uit op een gemakkelijke prooi. Ik wil de werkelijke dader op basis van een deugdelijke bewijsvoering.'
De zwerver keek hem doordringend aan.
'En onze hulp?'
De Cock knikte met een zucht.
'Die accepteer ik.'

Vledder keek De Cock verwonderd aan.
'Vormen de Amsterdamse zwervers een soort heilig verbond?'
De oude rechercheur trok zijn schouders op.
'Ik heb er nooit iets van gemerkt.'
'Hebben wij in ons werk wel eens iets met zwervers van doen gehad?'
De Cock knikte.
'Zijdelings. Denk maar eens aan die dode zwerver tegen de muur van de Zuiderkerk*. Ik herinner mij nog wat Bram van Wielingen van de kleding van de man zei: "Vlooien, luizen, platjes en een broek stijf van de urine".'
Vledder schudde zijn hoofd.
'Ik had niet de indruk dat die Adriaan van Bovenkerk vlooien, luizen, platjes en een broek stijf van de urine had. Hij had het aanzien van een zwerver, maar naar mijn gevoel was hij dat niet. Zijn taalgebruik was ook heel behoorlijk.'
De Cock knikte.
'Ik denk dat wij het begrip "zwerver" heel genuanceerd moeten benaderen. Ik vermoed dat hun onderscheidenheid net zo selectief is als in andere sectoren van onze samenleving.'
'Net zo gecompliceerd?'
'Beslist.'

* Zie: *De Cock en het lijk aan de kerkmuur*

Vledder glimlachte.
'Zal Adriaan jou de man leveren die de dode Harold de Vries voor het eerst heeft opgemerkt?'
De Cock knikte.
'Dat heeft hij mij uiteindelijk beloofd. Hij wilde de man daarover eerst voorzichtig benaderen. Op vrijwilligheid behoeven wij volgens Adriaan niet te rekenen. Het wantrouwen onder de zwervers jegens de politie is groot.'
Vledder gniffelde.
'Hebben wij dat verdiend?'
'Blijkbaar.'
'Denk je dat die man iets kan bijdragen?'
De Cock plooide zijn lippen in een tuitje. Daarna keek hij op.
'Bel straks Bram van Wielingen. Ik wil foto's van de kop van het Stenen Hoofd, waarop ook de plek van het rooster.'
'Wat wil je daarmee?'
Het markante gezicht van De Cock verstarde tot een masker.
'Zo'n heerlijk verwarmd rooster vormt onderling vaak het strijdtoneel voor naar goede slaapplaatsen verlangende zwervers.'
'Je bedoelt?'
De Cock knikte.
'Dat Harold de Vries ook door een medezwerver kan zijn vermoord.'
Vledder keek hem met grote ogen aan.
'De man,' lispelde hij, 'die hem voor het eerst ontdekte.'
De Cock keek hem goedmoedig aan.
'Dick Vledder, dit is vanmorgen de derde keer dat ik je ogen open.'

5

De Cock schoof de mouw van zijn Harris-tweedcolbert iets terug en keek op zijn horloge. Het was bijna twaalf uur 's middags. Hij gebaarde naar Vledder, die aan zijn bureau tegenover hem zat.
'Denk je om je tijd?' sprak hij vermanend. 'Je moet Madeleine de Bouchardon nog van huis halen voor de herkenning. Je moet haar toch ook een beetje voorbereiden op wat haar op Westgaarde te wachten staat.'
Vledder trok een bedenkelijk gezicht.
'Zou ze al weten dat haar ex-man werd vermoord?'
De Cock trok zijn schouders op.
'Misschien. Het ligt voor de hand dat Jeroen van Moerdijk haar al heeft ingelicht. Maar ik zou haar toch maar voorzichtig benaderen.'
'Dat begrijp ik.'
'En denk erom... je kunt dokter Rusteloos niet op je laten wachten.'
Vledder stond op.
'En wat ga jij in de tussentijd doen?'
De Cock leunde in zijn stoel achterover.
'Ik denk dat ik straks op mijn gemak even naar de Reguliersdwarsstraat tippel.'
'Voor een onderhoud met Maurice de Bouchardon?'
'Als ik hem thuis tref.'
Vledder keek vanuit de hoogte op zijn oude collega neer.
'Probeer chef Buitendam zover te krijgen, dat hij jou via de rechter-commissaris een bevel tot huiszoeking meegeeft.'
De Cock reageerde verrast.
'Een bevel tot huiszoeking?'
'Ja.'
'Waarvoor?'
'Om naar de met bloed bevlekte hamer te zoeken, waarmee

Maurice de Bouchardon gisteravond Harold de Vries zijn schedeldak intikte.'
De Cock schudde zijn hoofd.
'Het heeft geen enkele zin om nu al een bevel tot huiszoeking te vragen.'
'Waarom niet?'
'De kans dat de rechter-commissaris in dit stadium van het onderzoek zo'n bevel afgeeft, is miniem. Ik heb ook geen afdoende argumenten om hem te overtuigen dat ik zo'n bevel nodig heb.'
Vledder mopperde.
'Dan is jouw met bloed bevlekte hamer weg.'
De Cock trok nonchalant zijn schouders op.
'Ik zie het niet als een risico,' reageerde hij kalm. 'Als Maurice de Bouchardon werkelijk Harold de Vries heeft vermoord, dan zou het verrekte stom van hem zijn om een met bloed bevlekte hamer in zijn eigen huis te bewaren.'
Vledder glimlachte.
'Als relikwie... een dierbaar aandenken aan zijn heldhaftig optreden.'
'Heldhaftig optreden?'
Vledder knikte.
'Volgens mij ziet Maurice de moord op Harold de Vries als een uiterst moedige daad om de eer van de familie De Bouchardon te verdedigen.'
'Larie.'
Vledder trok een verongelijkt gezicht.
'Wie weet wat er zich in het hoofd van die man afspeelt. Het is tenslotte jouw theorie, dat het gedrag van mensen nooit valt te voorspellen.'
De Cock maakte een afwerend gebaar.
'Ik kan mij niet voorstellen dat ik een dergelijke theorie ooit heb verkondigd. Het gedrag van mensen is in de meeste gevallen best voorspelbaar. Alleen de bizarre afwijkingen op dat gedrag zijn niet in een handleiding te vangen.'
'Is het plegen van een moord een bizarre afwijking?'
De Cock spreidde zijn handen.

'Niet altijd, hangt van het motief af. Soms lijkt moord een verklaarbaar gedrag, is het motief van de dader invoelbaar.'
De oude rechercheur zweeg even. Daarna tikte hij met tien vingers op zijn borst.
'Voor mij... voor mij blijft moord onaanvaardbaar.'
'Dus moet elke moordenaar worden gestraft?'
De Cock schoof zijn onderlip vooruit.
'Straffen is een zaak voor de rechter. Wat zijn of haar motieven ook zijn geweest, elke moordenaar of moordenares moet wel ter verantwoording worden geroepen. Een moord mag nog nooit versluierd blijven. Een onopgeloste moord sterkt de dader en maakt hem rijp voor een vervolg. Een seriemoordenaar zou in onze samenleving een onmogelijk fenomeen moeten zijn.'
De oude rechercheur grinnikte.
'Daarom doe ik dit werk. Soms met de pest in mijn lijf, maar altijd vol overgave.'
De Cock keek opnieuw op zijn polshorloge. Daarna strekte hij zijn rechterarm naar Vledder uit.
'Smeer 'm.'
Op het moment dat de jonge rechercheur gehaast de grote recherchekamer verliet, schoof een lange, stevig gebouwde man wat bruusk langs hem heen naar binnen. Voorbij de deur bleef hij even staan. De blik uit zijn donkere ogen dwaalde schichtig door het kale vertrek.
De Cock keek de man scherp onderzoekend aan. Zwart krullend haar hing warrig over zijn oren en bedekte een deel van zijn voorhoofd. De huidskleur en de lijnen van zijn gelaat kwamen de oude rechercheur bekend voor. De bijna vrouwelijke trekken herinnerden hem aan Madeleine de Bouchardon.
De Cock schatte de man op voor in de dertig. Hij droeg een ouderwetse groene trenchcoat met rug- en schouderflappen. Regenwater drupte uit de zoom van zijn coat op de vloer. Na enige aarzeling stapte hij dreunend naderbij en bleef wijdbeens voor het bureau van De Cock staan.
'Is hij dood?'
Het klonk snauwerig.

De oude rechercheur blikte quasi-verwonderd naar de man omhoog.

'Als u mij eerst eens vertelde,' sprak hij traag, doch vriendelijk, 'wie u bent, en mij daarna openbaart wiens dood u bevestigd wilde zien, en waarom, dan kunnen wij wellicht tot een gesprek komen.'

De korte, slepende toespraak van De Cock scheen de man te ontnuchteren.

'Ik... eh, ik ben Maurice de Bouchardon,' reageerde hij timide, 'en ik bedoel de dood van mijn ex-zwager Harold de Vries.'

De Cock gebaarde naar de stoel naast zijn bureau.

'Gaat u zitten.'

Maurice de Bouchardon knoopte nerveus en met trillende vingers zijn natte regenjas los. Uit zijn broekzak diepte hij een zakdoek op en wreef het regenwater uit zijn nek. Eerst daarna nam hij plaats en draaide zich naar De Cock.

'Is hij dood?' herhaalde hij.

Zijn toon was rustiger.

De oude rechercheur knikte.

'Vermoord.'

Maurice de Bouchardon zuchtte diep.

'Ik wilde en kon het niet geloven. Ik ben erg geschrokken.'

'Waarvan?'

'Het bericht dat Harold de Vries, mijn ex-zwager, is vermoord.'

'Wie vertelde u dat?'

'De nieuwe vriend van mijn zuster Madeleine.'

'Jeroen van Moerdijk.'

Maurice de Bouchardon knikte.

'Hij kwam vanmorgen bij mij op bezoek. Hij vertelde mij dat u hem had gezegd dat Harold was vermoord. Toen ik de dreun en beetje had verwerkt, heb ik mijn regenjas aangetrokken en ben hier naar het bureau Warmoesstraat gekomen.'

'Waarom?'

'Om van u een bevestiging te horen.'

'Wel,' sprak De Cock laconiek, 'die bevestiging hebt u nu. Ik herhaal het nog even voor de zekerheid: Harold de Vries, uw ex-zwager, werd vermoord.'

Als teken dat hij het gesprek als beëindigd beschouwde, kwam de oude rechercheur half uit zijn stoel overeind. Het was een truc om de man te verwarren.
Maurice de Bouchardon keek hem geschrokken aan.
'Ik heb het niet gedaan.'
De Cock toonde verwondering.
'Wat hebt u niet gedaan?'
'Hem vermoord.'
'Wie zegt dat u hem hebt vermoord?
Maurice de Bouchardon verschoof iets op zijn stoel.
'Jeroen van Moerdijk was heel openhartig. Hij heeft zich wel tienmaal verontschuldigd.'
'Waarvoor?'
Maurice de Bouchardon slikte.
'Dat hij u had verteld dat ik had aangekondigd dat ik Harold zou vermoorden.'
'Had u dat aangekondigd?'
'Ik... eh, ik heb mij inderdaad in die geest uitgelaten,' sprak Maurice zacht.
'Hoe?'
'Wat bedoelt u?'
'Hoe hebt u zich uitgelaten?'
Maurice de Bouchardon frunnikte aan zijn stropdas.
'Ik heb gezegd dat ik Harold iets zou aandoen als hij Madeleine nog langer bleef lastigvallen.'
De Cock grijnsde.
'Kunt u zich de juiste tekst nog herinneren?'
'Nee.'
De Cock grijnsde opnieuw.
'Ik zal uw geheugen even opfrissen. U zei letterlijk: "Ik sla die ellendeling vandaag of morgen zijn hersens in."'
De oude rechercheur nam een kleine pauze.
'Wij hebben Harold de Vries – "die ellendeling" – gisteravond gevonden,' vervolgde hij cynisch, 'dood... met ingeslagen hersens.'
De Cock las de angst in de donkere ogen van Maurice.
'Noem mij nu eens een gegronde reden,' sprak hij zalvend, 'waarom ik u nu niet als verdachte ter zake moord op Harold

de Vries zou arresteren en u beneden in de cel laat opsluiten?'
Maurice de Bouchardon wreef met de rug van zijn hand langs zijn droog geworden lippen.
'Ik... eh, ik heb het niet gedaan.'
De Cock schonk hem een wrange glimlach.
'Dat is een kreet die mij niet bevredigt. Ik heb nog nooit een moordenaar onmiddellijk horen bekennen. Het duurt in de regel een poosje voor de waarheid op tafel komt.'
Maurice de Bouchardon maakte een wanhopig gebaar.
'Ik heb het niet gedaan. Ik heb het niet gedaan. Ik heb het...'
Hij herhaalde het als een echo.
De Cock toonde verbazing.
'Waarom kraamt u dan luid en duidelijk van die verschrikkelijke bedreigingen uit? "Ik sla die ellendeling vandaag of morgen zijn hersens in..." hebt u dat gezegd?'
Maurice de Bouchardon knikte.
'Ja, dat heb ik gezegd, maar dat meende ik niet. Ik heb nooit de bedoeling gehad Harold de Vries iets aan te doen.'
De Cock keek hem verrast aan.
'Maakte Harold de Vries het leven van uw zuster Madeleine ondraaglijk?'
'Zeker.'
De Cock strekte zijn wijsvinger naar hem uit.
'Van u, als haar oudste broer, kon Madeleine toch verwachten dat u die ellendeling eens voor zijn daden ter verantwoording zou roepen?'
Maurice de Bouchardon knikte.
'Dat kon ze.'
De oude rechercheur grinnikte vreugdeloos.
'Wel, dat is dan gebeurd,' sprak hij met een zweem van sarcasme. 'Een beetje hardhandig. Een spelletje "hamertje-tik" met dodelijk gevolg.'
De Cock tikte de jongeman voorzichtig op zijn schouder.
'Waar is die hamer gebleven?'
Het klonk vriendelijk, maar ook uitdagend.
Maurice de Bouchardon sloeg zijn handen voor zijn gezicht.

'Ik heb het niet gedaan,' jammerde hij. 'Hoe vaak moet ik dat herhalen? Ik ben niet verantwoordelijk voor zijn dood.'
'Waarom dan die bedreiging... waarom die kreet: "Ik sla die ellendeling vandaag of morgen zijn hersens in?"'
Maurice de Bouchardon nam zijn handen weg.
'Om indruk te maken.'
De Cock trok een vies gezicht.
'Om wat?'
'Om indruk te maken.'
'Op wie?'
'Vader.'
De Cock schudde zuchtend zijn hoofd.
'Leg mij dat eens uit.'
Maurice ging enigszins ontspannen verzitten.
'Vader is het type van een ouderwetse patriarch. Een pater familias, heer des huizes, een peetvader, die ons steeds voorhield dat de De Bouchardons van hoge afkomst waren, dat wij kinderen ons gelukkig mochten prijzen dat wij de eerbiedwaardige naam De Bouchardon mochten dragen, dat wij de eer van de familie hoog dienden te houden, dat wij eenieder die onze naam zou bezoedelen, dienden te vernietigen.'
De jongeman ademde diep.
'Ik kan zo wel even doorgaan. Vader is een opvliegend man, in zijn woede tot alles in staat. Toen hij hoorde dat Harold de Vries als een stinkende zwerver zijn dochter belaagde, was hij des duivels. Hij besloot zijn gewezen schoonzoon te vermoorden.'
De Cock fronste zijn wenkbrauwen.
'Heeft hij u van dat besluit verteld?'
'Hij deed die uitspraak met veel pathos in de kring van de familie. Hij liet geen twijfel over zijn bedoelingen. Vader is nog sterk. Hij heeft een atletisch figuur, doet dagelijks lichamelijke oefeningen en... wat mij benauwde... vader maakt zijn uitspraken waar.'
De jongeman zuchtte.
'Ik wil vader niet missen,' ging hij op gedragen toon verder. 'Ik wil ook niet dat onze moeder verdriet wordt bezorgd. Ze heb-

ben ons goed opgevoed... soms wat streng en rechtlijnig, maar wel eerlijk.'
De Cock keek hem schattend aan. De oude speurder raadde het vervolg.
'Toen hebt u maar geroepen dat u die ellendeling wel even zijn hersens zou inslaan?'
'Ja, ik hoopte dat mijn kreet vader tot bedaren zou brengen... dat hij het aan mij, zijn oudste zoon, zou overlaten om de eer van de familie De Bouchardon te verdedigen.'
Maurice staarde voor zich uit. Zijn donkere ogen vulden zich met tranen. Ze gleden over zijn wangen en drupten op zijn schoot.
'Het heeft niet geholpen.'
'Je bedoelt?'
Maurice de Bouchardon snikte.
'Vader, het is vader geweest. Ik weet het zeker.'

6

Vledder liet zich met een vermoeid gebaar in de stoel achter zijn bureau zakken. Zijn jonge gezicht stond zorgelijk.
'Ik heb,' verzuchtte hij, 'meer dan vijf kwartier nodig gehad om van het sectielokaal op Westgaarde naar de Warmoesstraat te komen. Ik had het in die tijd wel kunnen lopen. Het verkeer in Amsterdam liep volkomen vast. Er was echt geen doorkomen aan... eindeloze files, obstakels als ladende of lossende vrachtwagens, demonstraties met spandoeken, vuilniskarren, opengebroken straten en bruggen die plotseling opengaan om een trekschuit door te laten.'
De Cock wachtte op een pauze in de aanklacht.
'Nog meer Amsterdamse bezwaren?' vroeg hij grijnzend.
Vledder bromde.
'In het vervolg laat ik de auto staan en ga ik op de fiets.'
De Cock lachte.
'Met Madeleine achterop?'
Vledder staarde voor zich uit.
'Ma-de-lei-ne,' herhaalde hij zacht.
De jonge rechercheur verzonk even in gepeins. Het was alsof hij een sombere herinnering verdrong. 'Ze heeft hem positief herkend,' ging hij traag verder. 'De zwerver is inderdaad haar ex-man Harold de Vries.'
De Cock glimlachte.
'Mooi. Daar ben ik blij mee. Gelukkig geen onbekend lijk.'
'Ze was heel positief. Geen enkele twijfel. "Het is Harold," zei ze onmiddellijk.'
'Prachtig.'
'Ik heb nog voor de confrontatie een taxi gebeld om Madeleine naar huis te brengen. Ik vond het niet gepast haar voor de gehele duur van de sectie op Westgaarde te houden.'
De Cock knikte begrijpend.
'Hoe was de sectie?'

'Het zit mij niet mee vandaag,' antwoordde Vledder mistroostig. 'Een rotdag. De sectie duurde ongewoon lang. Ik heb dat niet eerder meegemaakt. Dokter Rusteloos kon er niet genoeg van krijgen. Hij bleef maar in de hersenmassa van het slachtoffer zoeken.'
De Cock keek hem niet-begrijpend aan.
'In de hersenmassa?'
'Het begon al toen hij de wond in het schedeldak onderzocht. Hij zei dat hij geen idee had wat voor een slagwapen de dader had gebruikt.'
'Geen hamer?'
'Een slagwapen. Maar welk? Volgens dokter Rusteloos was het geen bijl, geen klauwhamer, geen installatiehamer, geen moker, geen knuppel, geen knots, geen met lood gevulde pijp. Wonden van die slagwapens had hij in zijn praktijk als patholoog-anatoom al eens gezien.'
'Een daar leek de verwonding van Harold de Vries niet op?'
Vledder schudde zijn hoofd.
'Het maakte dokter Rusteloos nieuwsgierig. Je weet hoe hij is. Wanneer hij iets buitensporigs tegenkomt, is hij niet te stoppen. Het werd nog erger toen hij een steensplintertje ontdekte.'
De Cock keek verrast.
'Een steensplintertje?'
'Minuscuul klein. Hij liet het op het topje van zijn wijsvinger zien. Het was, zo zei hij, vrij diep in het hersenweefsel gedrongen. Volgens Rusteloos leek het op een stukje kiezel, kristal of kwarts. Hij zou het in Rijswijk laten onderzoeken.'
'In het Gerechtelijk Laboratorium.'
'Precies.'
'Dan krijgen wij wel een verslag van het onderzoek.'
Vledder knikte.
'Dokter Rusteloos heeft de hersenen van het slachtoffer minutieus onderzocht. Hij hoopte nog meerdere soortgelijke splintertjes te ontdekken.'
De Cock keek hem nadenkend aan.
'Was het geen botsplinter?'
'Ik denk dat dokter Rusteloos het onderscheid wel kent. Hoeveel secties zou die oude patholoog-anatoom in zijn lange leven

al hebben verricht? Toen ik hem dat eens vroeg, zei hij op dat nasale toontje van hem: "Als ze allen nog leefden, dan zou men er een aardig dorp mee kunnen bevolken."'
De Cock lachte.
'Dat geloof ik. Denk eens aan het aantal lijken dat wij hem al hebben aangedragen.'
Vledder trok een ernstig gezicht.
'Dokter Rusteloos is echt geobsedeerd door de vraag wat als slagwapen is gebruikt. Dat merkte ik aan alles. Het zat hem dwars dat hij het antwoord niet kon vinden. Mochten wij op het moordwapen stuiten, dan wil hij onmiddellijk bericht.'
De Cock krabde zich achter in zijn nek.
'Zover zijn we nog niet.'
Vledder plukte aan zijn onderlip.
'Ben je nog naar de Reguliersdwarsstraat gegaan?'
'Nee.'
'Waarom niet?'
'Geen tijd. Ik heb bezoek gehad.'
'Die man die naar binnen glipte toen ik net wegging?'
'Ja, dat was Maurice de Bouchardon.'
Vledder keek geschrokken.
'Echt?'
'Ja.'
'Heb je hem onmiddellijk in laten sluiten? Zit hij beneden in de cel?'
De Cock schudde zijn hoofd.
'Daar zag ik geen reden toe.'
'Je hebt hem toch verhoord?'
'Uiteraard... langdurig.'
'Hij heeft het niet gedaan?'
'Hij zegt dat hij niet verantwoordelijk is voor de dood van zijn ex-zwager. En ik kan het tegendeel niet bewijzen.'
'Maar zijn bedreiging... zijn wilde kreet: "Vandaag of morgen sla ik hem zijn hersens in..." gaf hij dat toe?'
'Ja.'
'En?'
'Dat was om indruk te maken.'

Vledder keek De Cock ongelovig aan.
'Op wie?'
'Zijn vader.'
'Wat heeft die ermee te maken?'
'Maurice de Bouchardon schetst zijn vader als een soort verlicht despoot, een man voor wie de eer van de familie De Bouchardon het hoogste goed is. Vanuit die optiek was Maurice bang dat zijn vader jegens Harold de Vries tot gewelddadigheden zou overgaan. Om hem daarvan te weerhouden kondigde Maurice in de familiekring luid en duidelijk aan, dat hij als oudste zoon de eer van de familie hoog zou houden door die ellendeling zijn hersens in te slaan.'
Vledder keek hem verward aan.
'En hij zegt dat hij niet de man was die Harold de Vries vermoordde?'
'Hij niet.'
'Wie dan wel?'
'Maurice is ervan overtuigd,' sprak De Cock gedragen, 'dat zijn wilde kreet niet heeft geholpen.'
'Hoe bedoel je?'
'Dat zijn vader toch zelfstandig en eigenhandig is opgetreden en omwille van de eer van de familie Harold de Vries heeft vermoord.'
Vledder keek hem grijnzend aan.
'En dat geloof jij... een oude man met een *killersinstinct*.'
'Volgens Maurice de Bouchardon is zijn vader nog steeds een krachtige, atletisch gebouwde man, die gedreven door emoties en temperament beslist tot een moord in staat is. Er is geen enkele belemmering, noch lichamelijk, noch geestelijk.'
Vledder liet zijn hoofd een paar seconden hangen.
'We moeten,' sprak hij opkijkend, 'de hele familie De Bouchardon in het cachot stoppen... Madeleine incluis.'
'Madeleine?'
Vledder knikte.
'Een vreemde tante. Tijdens de confrontatie met het lijk van haar ex-man toonde ze geen enkele emotie. Zonder enige expressie op haar gezicht bleef ze minutenlang naar het dode li-

chaam staren. Toen ik meende dat het lang genoeg had geduurd en ik haar sommeerde om met mij mee te gaan omdat dokter Rusteloos op mij wachtte, schuifelde ze eerst een paar meter met mij mee. Bij de deur draaide ze zich plotseling om, liep terug naar het lijk, bukte zich ver voorover en spuwde haar ex-man in het gezicht.'
'Woede?'
Vledder knikte.
'Haar ogen schoten vuur.'
De jonge rechercheur zuchtte diep.
'Ik heb het dokter Rusteloos verteld. Hij heeft de klodder later van de neus van het slachtoffer geveegd.'
'Heb je Madeleine nog gevraagd waarom ze op het lijk van haar ex-man spuwde?'
'Daar ben ik niet toe gekomen. De taxi was er en dokter Rusteloos stond bedrijfsklaar met een lancet in zijn hand op mij te wachten. Achteraf vind ik haar reactie wel begrijpelijk. Die vent heeft haar maanden achtereen op een ergerlijke manier lastiggevallen. Het is niet leuk als je telkens een zwerver achter je aan krijgt. Ik zie haar reactie als een ontlading van haat en woede.'
De Cock trok een bedenkelijk gezicht.
'Ik vind het wat extreem. Ze heeft toch ook gelukkige momenten met hem beleefd. Is daar dan niets van blijven hangen?'
Vledder wuifde het onderwerp weg.
'We moeten nog eens met haar praten, ook over het feit dat haar broer Maurice meent dat vader De Bouchardon de dader is.'
De Cock knikte.
'Maar voor ik vader De Bouchardon benader, wil ik ook met haar andere broer praten.'
'Marcel.'
'Heet hij zo?'
Vledder knikte.
'Een gewelddadige jongen.'
'In welk opzicht?'
'Een man met losse handjes... zoekt ruzie in cafés. Ik heb hem nagetrokken. Hij is al een keer voor mishandeling veroordeeld.'

'En Maurice?'
'Een blanco strafblad. Ook Jeroen van Moerdijk komt in onze administratie niet voor. Naar vader De Bouchardon heb ik nog niet gekeken.'
Er werd op de deur van de grote recherchekamer geklopt en Vledder riep: 'Binnen!'
De deur ging langzaam open en in de deuropening stond Adriaan van Bovenkerk. In zijn schamele plunje liep hij op De Cock toe en lachte breed.
'Ik heb hem gevonden!' riep hij vrolijk.
'Wie?' vroeg De Cock overbodig.
'De man van wie ik u vertelde. De man die de dode Harold de Vries op de kop van het Stenen Hoofd ontdekte voordat die vent van de bewaking over de voeten van het lijk struikelde.'
'Waar is hij?'
De zwerver duimde over zijn schouder.
'Ik heb hem bij me!' riep hij opgetogen. 'Hij zit in de gang op de bank.'
'Hoe heet hij?'
'Jules de Graaf.'
'Wil hij praten?'
Adriaan van Bovenkerk knikte.
'Onder één voorwaarde.'
'En die is?'
'Dat jullie hem niet arresteren.'
De opmerking kriebelde De Cock.
'Wij arresteren geen onschuldige mensen!' riep hij feller dan zijn bedoeling was. 'Als die Jules de Graaf niet verantwoordelijk is voor de dood van Harold de Vries, dan loopt hij dit bureau net zo makkelijk uit als hij binnen is gekomen.'
'Oké.'
'Hebt u al met hem gesproken?'
Adriaan van Bovenkerk knikte.
'Uiteraard. Om hem te bewegen naar u toe te gaan, heb ik wel enige discussies met hem gevoerd. Over hetgeen hij die bewuste avond heeft gezien of gehoord, heb ik geen woord met hem gewisseld.'

De Cock keek hem ongelovig aan.
'Waarom niet?'
'Dat leek mij niet raadzaam. Ik ben geen rechercheur. Verhoren is uw vak. Bovendien wilde ik hem op geen enkele wijze beïnvloeden. Tijdens een gesprek doe je toch algauw suggesties.'
'Zoals?'
'Wat iemand beter wel of niet kan zeggen.'
De Cock glimlachte.
'Je bent een brave man. Laat die Jules de Graaf maar binnenkomen. Als je wilt, mag je buiten op de gang op hem wachten.'
Adriaan van Bovenkerk draaide zich om en liep de recherchekamer uit. Na enkele seconden duwde hij een man voor zich uit naar binnen. Hij strekte zijn arm naar De Cock uit.
'Die grijze vent daar,' sprak hij bemoedigend, 'die moet je hebben. Hij vreet je niet op.'
Jules de Graaf kwam schoorvoetend naderbij.
De Cock nam hem onderwijl nauwkeurig in zich op. Hij was kleiner dan Adriaan van Bovenkerk. Slonziger en meer gebogen. De oude rechercheur schatte hem op achter in de veertig. Het gezicht van de man zag ziekelijk bleek. De grijze stoppels op zijn kin en de ingevallen wangen versterkten die indruk. Het jack dat de man droeg, was verkeerd geknoopt en zijn voeten staken in afgetrapte schoenen.
Voor De Cock bleef hij staan en graaide een slappe vilten hoed van zijn hoofd.
'U wilt mij spreken?' opende hij.
De oude rechercheur gebaarde naar de stoel naast zijn bureau.
'Neemt u plaats,' sprak hij vriendelijk. 'U bent Jules de Graaf?'
De man ging hoofdknikkend zitten, zette zijn knieën tegen elkaar en legde zijn hoedje op zijn schoot.
'Ik kom niet graag op een politiebureau,' sprak hij verlegen.
De Cock glimlachte.
'Slechte ervaringen?'
'Voor ons soort mensen zijn er verkeerde wetten. Ik ben altijd bankemployé geweest, tot ik verliefd werd op een vrouw en trouwde.'

'Wat is daar verkeerd aan?'
'Op zichzelf niets,' antwoordde Jules zacht. 'Je trouwt en hoopt op een goed leven. Maar ze had een gat in haar hand... een gat dat ik met mijn salaris niet kon dichten.'
De Cock knikte begrijpend.
'Toen hebt u naar aanvullingen op uw salaris gezocht.'
Om de slappe mond van Jules de Graaf kwam een glimlach.
'Dat noemt men in uw kringen verduistering, oplichting, of fraude.'
'U werd gepakt en veroordeeld?'
Jules de Graaf knikte traag.
'Dat bedoel ik met verkeerde wetten. Men had niet mij moeten straffen, maar haar. Zonder haar was ik nu nog een respectabel man met een goede baan. Misschien was ik uiteindelijk wel directeur geworden.'
'Het leven is hard.'
'Niet voor iedereen,' zei Jules opstandig. 'Zeker niet voor iedereen. Sommige mensen lacht het leven toe. Voor anderen is het een kwelling. Of dacht u dat ik het plezierig vond om als een zwerver te leven?'
De Cock wreef zijn vlakke rechterhand over zijn brede gezicht. Het was een gebaar om tijdwinst te boeken. Zijn geest zocht koortsachtig naar een ingang om het gesprek in een andere richting te stuwen.
'U hebt Harold de Vries bij leven gekend?'
Jules de Graaf knikte.
'Ik heb een tijdje met hem samengewoond in een kraakpand. Ik kon het wel met hem vinden. Hij was net als ik tegen een verkeerde vrouw aangelopen.'
De Cock ontweek de opmerking. De oude rechercheur was bang om opnieuw van zijn onderwerp af te dwalen.
'Was het toeval dat u hem op de kop van het Stenen Hoofd trof?'
Jules de Graaf schudde zijn hoofd.
'We ontmoetten elkaar daar wel meer. Als je een beetje inschikkelijk bent, dan kun je wel met zijn tweeën op dat warme rooster bivakkeren.'
'U was van plan daar te gaan slapen?'

Jules de Graaf knikte nadrukkelijk.
'Toen ik zag wat er met Harold was gebeurd, ben ik gevlucht.'
'Waarom?'
'Ik... eh, ik was bang om voor de moordenaar te worden aangezien.'
'U had hem toch niet vermoord?'
Jules de Graaf schudde zijn hoofd.
'Ik niet. Nee, ik niet. Maar ik had wel zijn bloed aan mijn handen.'
'Hoe kwam dat?'
'Ik heb hem aangeraakt. Ik heb even zijn gezicht in mijn handen gehouden.'
'U zag onmiddellijk dat hij dood was?'
'Met een gat in je kop, zo groot dat je zijn hersens kon zien...'
Hij maakte zijn zin niet af.
'U hebt dat gat in zijn hoofd bekeken?'
'Ja... even.'
De Cock keek de man strak aan.
'Het was er aardedonker.'
Jules de Graaf grijnsde.
'Ik heb altijd een zaklantaarntje bij me.' Zijn hand gleed in een steekzak van zijn jack.
'Nu ook. Kijk.'
Hij hield een klein model zaklantaarn omhoog.
'Je weet als zwerver nooit waar je 's avonds terechtkomt,' gromde hij. 'In sommige kraakpanden hebben ze de leuningen van de trappen gehaald. Je maakt een doodsmak als je niet uitkijkt.'
De Cock bracht hem weer tot de orde.
'Hebt u buiten die man van de bewaking nog iemand anders op het Stenen Hoofd gezien?'
Jules de Graaf antwoordde niet. Hij klemde zijn lippen opeen en draaide zijn hoofd weg.
De Cock wachtte geduldig tot de man hem weer aankeek.
'Ik vroeg u,' herhaalde hij vriendelijk, 'of u buiten de man van de bewaking nog iemand anders op het Stenen Hoofd hebt gezien.'
'Dat... eh, dat zeg ik liever niet.'

'U hebt dus iemand gezien.'
'Ja.'
'Wie?'
'Een... eh, een zwerver.'
De Cock keek hem verrast aan.
'Een zwerver?'
Jules de Graaf knikte.
'Hij liep op het Stenen Hoofd langs mij heen toen ik op weg was naar het rooster.'
'U hebt hem herkend?'
Jules de Graaf schudde zijn hoofd.
'U zei het toch zelf... het was daar aardedonker en ik had niet het benul om mijn zaklantaarntje op hem te richten.'
'Hoe wist u dat het een zwerver was.'
Jules de Graaf grijnsde.
'Dat ruik je.'

7

De Cock worstelde met een licht gevoel van wrevel. Het onderzoek verliep niet naar zijn zin. Er waren te veel vaagheden en ongegronde beschuldigingen. Hij boog zich voorover en liet de toppen van zijn vingers over zijn kuiten glijden. Tot zijn opluchting bleef de pijn weg. De geniepige duiveltjes waren er niet. Langzaam kwam hij overeind.
'Welk motief,' verzuchtte hij hardop, 'kan een zwerver hebben om Harold de Vries te vermoorden... een lotgenoot, een medezwerver... een broeder in het collectieve lijden?'
Vledder keek hem verrast aan.
'Vormen zij een collectief?'
De Cock glimlachte.
'Dat is mijn romantische voorstelling van het zwerversbestaan.'
'Ik ben niet zo romantisch. Ik geloof dat het los van elkaar vegeterende individuen zijn, die geen samenhang kennen.'
'Wat acht jij het motief voor de moord op Harold de Vries?'
'Het warme plekje op het rooster.'
'Er was volgens Jules de Graaf op het rooster plek genoeg voor twee kleumende zwervers. Ze hadden rustig naast elkaar kunnen liggen.'
'Misschien was de zwerver-moordenaar niet inschikkelijk genoeg en eiste hij het gehele rooster voor zichzelf?'
'En had toen onmiddellijk een wapen paraat om zijn zwerverbroeder de hersens in te slaan?'
'Waarom niet? Had jij gedacht dat er een zwerver met een zaklantaarn liep?'
De Cock schudde zijn hoofd.
'Dat is geen vergelijking. Een zaklantaarn is geen moordwapen.' De oude rechercheur trommelde met zijn vingers op het blad van zijn bureau. 'Er moet iets zijn voorgevallen... iets dat heftige emoties opriep.'

Vledder zwaaide geagiteerd.
'Het interesseert mij,' siste hij van tussen zijn tanden, 'in feite voor geen moer wat er tussen die twee zwervers is voorgevallen.'
De Cock keek hem ongelovig aan.
'Dat moet je interesseren,' antwoordde hij bestraffend. 'Je hebt geen andere keus, geen andere mogelijkheid. Het vinden van het "waarom" is de essentie van ons beroep.'
Vledder reageerde niet.
Een tijdlang zwegen de rechercheurs. ieder verdiept in zijn eigen gedachten. Alleen het straatlawaai doorbrak de stilte. Het was uiteindelijk Vledder, die het zwijgen verbrak.
'Ruikt een zwerver?'
De Cock grinnikte.
'Het zal wel.'
'Hoe?'
'Ik denk de geur van ongewassen kleding, vervuild ondergoed, opgedroogde urine.'
Vledder keek zijn collega peinzend aan.
'Heb jij bij Adriaan van Bovenkerk en die Jules de Graaf een bijzondere geur waargenomen?'
De Cock schudde zijn hoofd.
'Bij zijn vorige bezoek rook Adriaan van Bovenkerk naar zweet. Dat herinner ik mij nog. Zo'n wee-zoete zweetgeur. Niets bijzonders. Ik denk dat aan elk mens wel een geurtje kleeft. Dit keer heb ik bij die twee zwervers geen herkenbaar luchtje kunnen ontdekken.'
'Ik ook niet.'
De Cock lachte.
'We hebben het hen vergeten te vragen... misschien behoren Adriaan van Bovenkerk en Jules de Graaf tot de categorie zwervers die zich wel regelmatig wast en verschoont. Ik heb nooit in zwerverskringen verkeerd. Ik ken hun gewoonten niet.'
'De stelling,' sprak Vledder gedragen, 'dat alle zwervers stinken, gaat volgens mij niet op. Zwervers vormen geen collectief en hebben evenmin een collectieve geur.'
De Cock keek zijn jonge collega bewonderend aan.

'Prachtig samengevat,' prees hij. 'Je bedoelt,' ging hij nadenkend verder, 'dat Jules de Graaf niet per se gelijk heeft.'
Vledder schudde zijn hoofd.
'Hij kwalificeerde de man die hem op het Stenen Hoofd passeerde als een zwerver, op basis van de geur die de man verspreidde. De man stonk.'
'En dat is volgens jou discutabel?'
'De man kan wel hebben gestonken – misschien een uur in de wind – maar de conclusie dat de man een zwerver was, is discutabel. Jules de Graaf zegt over geen andere aanwijzingen te beschikken. Hij heeft niet met de man gesproken. Hij heeft hem niet gezien... althans niet meer dan als een schim in het duister.'
De Cock glimlachte.
'Hij heeft hem alleen geroken.'
'Precies. Wij mogen op basis van de verklaring van Jules de Graaf, er beslist niet vanuit gaan dat de dader werkelijk een zwerver was.'
De Cock knikte.
'En dat betekent dat de verklaring van Jules de Graaf niet inhoudt dat wij de leden van de familie De Bouchardon nu mogen uitsluiten.'
De oude rechercheur gniffelde.
'Hoewel... Maurice de Bouchardon rook naar een goede aftershave en het geurtje dat de knappe Madeleine omhulde, was aangenaam en beslist niet als stinkend te kwalificeren.'
Vledder knikte traag.
'Al met al... de verklaring van Jules de Graaf brengt ons geen steek verder. Integendeel: we gaan nog verder de mist in.'
Vledder trok een denkrimpel in zijn voorhoofd. Hij gebaarde in de richting van De Cock.
'Bestaat er zoiets als een geurtest? Kunnen we nagaan voor welke geuren Jules de Graaf bijzonder gevoelig is? Wat betekent stank voor hem?'
De Cock haalde zijn schouders op.
'Geen flauw idee. Ik denk dat het erg persoonlijk is. Eenieder zal daar een eigen mening over hebben.'
De oude rechercheur wreef over zijn brede kin.

'Wij zijn destijds, zo herinner ik mij, geuren tegengekomen in die bizarre zaak met een reeks moorden in een oude houtschuur.* Verder heb ik nooit zaken gehad waarin geuren een rol speelden. Ik vraag me ook af hoe betrouwbaar zo'n geurtest zou kunnen zijn. Mensen zijn geen honden. Onze geurbeleving is niet zo sterk.'
Vledder glimlachte.
'Er wordt wel gezegd dat wij door geuren worden beïnvloed.'
De Cock glimlachte.
'In de liefde.'
Vledder knikte instemmend.
De oude rechercheur staarde enige tijd peinzend voor zich uit.
'Een speurhond inschakelen heeft voor ons ook geen zin,' sprak hij hoofdschuddend. 'We hebben op de plaats van het misdrijf niets gevonden wat van de dader afkomstig zou kunnen zijn.'
Vledder schudde bedroefd zijn hoofd.
'Waarom raken wij twee,' riep hij vertwijfeld, 'altijd in van die rotzaken verwikkeld? Nooit eens een leuke gezellige moord met een lieve ja-roepende verdachte om de hoek.'
'We hebben het niet voor het uitkiezen.'

Plotseling vloog de deur van de grote recherchekamer open en een jongeman stormde naar binnen. De panden van zijn natte regenjas wapperden. Met dreunende tred liep hij rechtstreeks op De Cock af. Zijn gezicht zag rood en zijn lippen trilden.
'Hoelang moet dat nog duren,' riep hij kwaad, 'weet u nu nog niet wie de dader is?'
Zonder op antwoord te wachten, vervolgde hij opgewonden: 'Het is bij ons thuis in de familie een bende. Iedereen is kwaad op iedereen. Ze schelden, smijten met deuren, gooien met servies en meubilair. Het is geen harden thuis. Ik word er ziek van.'
De Cock keek geamuseerd omhoog.
'Het huishouden van Jan Steen?'

* Zie: De Cock en de geur van rottend hout

De jongeman scheen het grapje niet te waarderen. Hij sloeg met zijn vuist een paar maal op zijn borst.
'Ik ben Marcel de Bouchardon.' Hij zweeg enige seconden en keek uitdagend naar De Cock. 'Ben ik nu verdachte?'
De oude rechercheur glimlachte.
'Waarvan?'
'Moord... moord op die zwerver?'
'Wat zou u verdacht moeten maken?'
'Mijn naam?'
De Cock gebaarde naar de stoel naast zijn bureau.
'Ga zitten!' riep hij streng. 'Neem die uitdagende trek van uw gezicht. Ik heb het noodlot niet over u uitgestort.'
Marcel de Bouchardon nam plaats.
'Het is de schuld van Madeleine,' sprak Marcel zuchtend. 'Ze had nooit met die vent moeten trouwen. Wie trouwt er nu een man die zich met beeldende kunst bezighoudt? Ik heb niets tegen kunstenaars, begrijp mij goed. Kunstenaars zijn best lieve mensen, maar ze staan buiten de werkelijkheid. We hebben van het begin af aan gezegd dat het niks werd. Maar ze moest en ze zou. Daar was geen praten tegen.'
'U reflecteert nu,' sprak De Cock kalm, 'aan het huwelijk van uw zuster Madeleine met Harold de Vries?'
Marcel knikte nadrukkelijk.
'Daar komt alles uit voort... de halsstarrige houding van zus Madeleine. Ze is altijd een driftige stijfkop geweest, die hoe dan ook haar zin doordreef. Als kind was ze al niet te temmen.'
De Cock gniffelde.
'Het is een goed kind, dat naar haar vader aardt. Volgens mijn informatie heeft uw vader soortgelijke karaktereigenschappen.'
De jongeman zwaaide met zijn armen.
'Laat vader er buiten,' reageerde hij fel. 'De oude man heeft het er moeilijk genoeg mee. Toen – zoals wij allen thuis hadden voorspeld – het uiteindelijk misliep, toen die vent aan de drank en de drugs ging en totaal verpauperde, moesten Maurice en ik er aan te pas komen om haar van die kwijlebabbel te verlossen.'
'Jullie hebben hem op straat gezet?'

'Met een schop na.'
'Toen is de ellende begonnen?'
'Die ellende was er al. Het werd alleen nog erger toen Harold haar bleef lastigvallen. Stalkers zijn hardnekkig. Madeleine had het echt zwaar te verduren. Om zich tegen Harold te beschermen nam ze een nieuwe vriend.'
'Jeroen van Moerdijk.'
Marcel snoof.
'Ook een Jan met zo'n korte achternaam.'
'Een janhen?'
'Die Jan bedoelde ik niet,' vervolgde Marcel smalend. 'Madeleine heeft gewoon geen kijk op mannen. Ze kiest steeds verkeerd. Jeroen van Moerdijk kon niet tegen Harold op.'
'Heeft hij wel eens iets geprobeerd?'
Marcel grinnikte.
'Misschien heeft hij hem wel eens vermanend toegesproken.'
De Cock keek hem verrast aan.
'Meer niet?'
Marcel schudde zijn hoofd.
'Beslist niet. Tot meer is dat vriendelijke, onderdanige watje niet in staat.'
De Cock keek hem verwonderd aan.
'Vriendelijk onderdanig watje?' herhaalde hij vragend. 'Jeroen van Moerdijk is toch bij jullie opgenomen in de zaak?'
Marcel snoof.
'Hij wordt lid van onze familie, dus, zo luidt het oordeel van mijn vader, krijgt hij een functie in ons bedrijf.'
'Het oordeel van Maurice en u hebt daarbij geen enkele invloed?'
Marcel schudde zijn hoofd.
'Zolang vader leeft, beslist hij.'
'Jeroen van Moerdijk,' vatte De Cock samen, 'de nieuwe vriend van Madeleine, bood dus geen oplossing voor het probleem van haar stalkende ex-man.'
'Nee.'
'En toen?'
Marcel klakte met zijn tong.

'Wat dacht u? Madeleine kwam met haar sores weer naar ons. Naar Maurice en mij... of wij haar weer uit de narigheid wilden helpen.'
'En?'
'Niks... en. Maurice en ik hebben Madeleine duidelijk te verstaan gegeven dat ze oud en wijs genoeg is om haar eigen boontjes te doppen, dat wij haar niet ten eeuwigen dage kunnen beschermen.'
De Cock schonk hem een zoete grijns.
'Dat hebben jullie gezegd,' sprak hij zalvend. 'Maar nu de praktijk. Je laat je enige zuster toch niet in de kou staan?'
Marcel boog zijn hoofd.
'Maurice en ik hebben hem wel eens een pak rammel gegeven.'
'Als waarschuwing.'
'Zo mag u dat kwalificeren.'
Met een ruk bracht Marcel de Bouchardon zijn hoofd weer omhoog.
'Maar we hebben hem niet vermoord.'
De Cock grijnsde opnieuw.
'Ook dat pak rammel hielp niet.'
Marcel begreep de toespeling. Het rood kwam in zijn gezicht terug.
'We hebben hem niet vermoord!' Hij schreeuwde met overslaande stem. 'We hebben hem niet vermoord. Zo ver zouden wij nooit zijn gegaan.'
De Cock maakte een hulpeloos gebaar.
'Maurice heeft luidkeels geroepen dat hij die ellendeling vandaag of morgen zijn hersens zou inslaan.'
'Dat heeft die Jan Dinges u verteld.'
De Cock knikte.
'Jan Dinges sprak de waarheid. Jouw broer Maurice heeft die kreet toegegeven.'
Marcel de Bouchardon keek hem vertwijfeld aan.
'En Maurice beschuldigt mijn vader en als mijn vader mij weer beschuldigt, dan is de zaak rond... kunnen we met ons drieën de petoet in.'
De Cock keek hem onverstoord aan.

'Heeft uw vader reden om u te beschuldigen?'
'Weet ik veel.'
'U staat bekend als een man die gewelddadigheden niet uit de weg gaat.'
Marcel keek De Cock vijandig aan.
'U hebt mijn doopceel gelicht.'
De Cock knikte.
'Een goede gewoonte van me.'
Marcel bracht in een gebaar van wanhoop zijn handen naar zijn hoofd.
'Ik heb die vent niet vermoord.'
'En uw moeder?'
Over het gezicht van Marcel gleed een glans van vertedering.
'Het lieve mens kan nog geen vlieg doodslaan.'
De Cock maakte een theatraal gebaar.
'Wie dan?' schreeuwde hij. 'Welk nobel lid van de illustere familie De Bouchardon sloeg Harold de Vries zijn hersens in?'
Marcel boog zich naar hem toe.
'Zal ik u eens wat zeggen, meneer De Cock. U moet terug naar de bron. De bron van alle ellende.'
'En die bron is?'
Marcel keek De Cock strak aan.
'Madeleine... ze is veel gemener, veel geslepener dan u denkt.'

Vledder keek De Cock mistroostig aan.
'Acht jij Madeleine tot een moord in staat?'
De oude rechercheur plooide zijn lippen tot een tuitje.
'Mijn ervaring is dat men vrouwen nooit mag uitsluiten... hoe aantrekkelijk, mooi en lieftallig ze ook mogen zijn.'
Vledder trok een vies gezicht.
'Maar een gruwelijke moord door een slag met een hamer of een bijl, dat is toch niet vrouwelijk?'
'Wat is vrouwelijk?'
Vledder ontweek de vraag.
'Het kan,' sprak hij ernstig, 'ook een spelletje van de familie De Bouchardon zijn. Ze beschuldigen elkaar om beurten, zodat wij in verwarring komen. We moeten toch tot een materiële, tot een

feitelijke dader komen. We kunnen moeilijk de hele familie ter verantwoording roepen.'
De Cock schudde zijn hoofd.
'Dat laat ons Wetboek van Strafrecht niet toe. Iemand heeft het slagwapen gehanteerd, waardoor Harold de Vries de dood vond. De vraag is, wie. Een lid van de familie De Bouchardon of toch een zwerver?'
Vledder maakte een wanhopig gebaar.
'Ik kan het niet onderbouwen, maar ik houd het voorlopig op de familie De Bouchardon. Wie van hen het ook is geweest, zij hebben een motief: het ongestoorde geluk van hun dochter, hun zuster, Madeleine.'

De Cock stond vanachter zijn bureau op en slenterde naar de kapstok. Vledder liep achter hem aan.
'Waar ga je heen?'
De Cock wees naar de grote klok boven de toegangsdeur.
'Het is bijna elf uur. Ik ga naar huis, naar mijn glas chocolademelk in de magnetron. Morgen is een nieuwe dag, hoop ik.'
De Cock pakte zijn oude hoedje, plantte het op zijn grijze haardos en wurmde zich in zijn regenjas. Op dat moment rinkelde de telefoon.
Vledder draaide zich om, liep terug naar het bureau van De Cock en pakte de hoorn.
De oude rechercheur keek van verre toe. Hij zag hoe de rug van zijn jonge collega verkrampte. Langzaam liep hij terug. Toen Vledder de hoorn op het toestel had teruggelegd, keek hij hem vragend aan.
'Wie was het?'
'De wachtcommandant beneden.'
'En?'
'Op de Westerdoksdijk, aan het einde van het Stenen Hoofd, ligt het lijk van een man.'
De Cock kneep zijn ogen half dicht.
'Moord?'
Vledder knikte traag.
'Een ingeslagen schedel.'

8

De rechercheurs reden met de dienstauto van de houten steiger achter het politiebureau weg.
Het regende nog steeds of alweer. De buien volgden elkaar in een snel tempo op. Opgejaagd door een felle wind sloegen dikke regendruppels tegen de voorruit.
Vledder draaide de Golf behendig van de Oudebrugsteeg het Damrak op en zette de ruitenwissers aan.
De Cock liet zich onmiddellijk ver onderuitzakken en schoof zijn hoedje tot op de rug van zijn neus.
Vledder keek opzij en gniffelde.
'Nog geen tijd gehad voor een psychiater?' riep hij plagend.
De Cock antwoordde niet.
Toen Vledder met gierende banden vanaf de De Ruijterkade de brug nam naar de Westerdoksdijk, zette de oude rechercheur zich schrap om niet te duikelen.
'Over een psychiater gesproken,' gromde hij. 'Neuroot, je bent in je zenuwen niet eens in staat om zonder kleerscheuren door een bocht te rijden.'
Vledder reageerde niet. Hij stuurde van de Westerdoksdijk het Stenen Hoofd op. Aan het einde van de pier stond een politiewagen met blauw zwaailicht. De jonge rechercheur bracht de Golf schokkend tot stilstand achter de politiewagen.
De Cock blikte opzij.
'Rijden met jou,' sprak hij somber, 'is een volmaakte kopie van een middeleeuwse foltering. Ik ben compleet geradbraakt.'
Steunend liet hij zich uit de auto glijden en bevoelde zijn verkreukelde botten.
Een jonge diender liep in de stromende regen op De Cock toe, tikte ter begroeting tegen de rand van zijn pet en duimde over zijn schouder.
'Het lijk ligt daar... half tegen de muur... bijna op de hoek. Voor de regen hebben we hem met een brok zeildoek afgedekt.'

De Cock keek hem schattend aan.
'Was jij hier gisteravond ook?'
'Ja.'
'Heb je de meute al gewaarschuwd?'
De jonge diender knikte.
'Via de wachtcommandant.'
De Cock blikte om zich heen.
'Ben je alleen?'
De diender schudde zijn hoofd.
'Het lijk werd ontdekt door een medewerker van B&M Beveiliging en Alarmering. Dezelfde man die hier gisteravond een lijk aantrof. Hij had dit keer iemand zien weglopen. Mijn collega en hij proberen nu die man te achterhalen. Volgens de beveiligingsman kan hij nog niet ver weg zijn.'
De Cock trok zijn wenkbrauwen samen.
'Heeft die man van B&M een signalement van die weglopende vent?'
'Vaag. Het is hier nogal donker. Hij sprak over een soort zwerver.'
De oude rechercheur liep langs de jonge diender. Het woord 'zwerver' danste onder zijn schedeldak.
Hij liep naar een brok bruin zeildoek waar twee voeten onderuit staken met de hielen omhoog. De Cock pakte zijn zaklantaarn en trok het zeildoek weg. Het ovale licht van zijn zaklantaarn gleed over het levenloze lichaam van een man. Hij lag op zijn buik met zijn armen iets gespreid langs zijn lichaam. De vingers van zijn handen waren geklauwd. Zijn grijze haren en de rechterzijkant van zijn gezicht lagen in een grote plas donkerrood geronnen bloed.
De Cock bukte bij hem neer. Het rechteroog was in de plas bloed niet goed zichtbaar. Het linkeroog staarde wijd opengesperd in het niets.
De oude rechercheur liet het licht van zijn zaklantaarn over het achterhoofd van het slachtoffer dwalen. Ongeveer ter hoogte van de kruin was een grote gapende wond, waarin grijze hersenkronkels zichtbaar waren. Hij scheen met zijn zaklantaarn even in de pupil van het linkeroog.

Er was geen reactie.
De Cock kwam uit zijn gebukte houding omhoog. Zijn oude knieën kraakten. Hij blikte opzij naar Vledder.
'Identiek,' sprak hij somber. 'Volkomen identiek aan de moord van gisteren. Dezelfde *modus operandi*. En gezien zijn kleding is het slachtoffer opnieuw een zwerver.'
Vledder kneep met duim en wijsvinger zijn neus dicht.
'Deze stinkt.'
Achter de Golf kwam een wagen tot stilstand. Met een aluminium koffertje in zijn rechterhand klom Bram van Wielingen achter het stuur vandaan en liep met een chagrijnig gezicht op De Cock toe.
'Het is nog steeds bar en boos. Gewoon beestenweer.'
Hij zwaaide met zijn opgestoken wijsvinger.
'En dit keer geen jolige verwijzingen naar Onze-Lieve-Heer. Ik stel jou verantwoordelijk. Jij laat mij in dit hondenweer opdraven.'
De fotograaf blikte om zich heen en veranderde van toon.
'Hier waren wij gisteren toch ook?'
De Cock knikte.
'De kop van het Stenen Hoofd.'
Bram van Wielingen zette zijn koffertje tegen de muur van de loods en bekeek de dode man.
'Het is dezelfde,' gniffelde hij. 'Dezelfde van gisteren, maar dan zonder baard.' Hij draaide zich half om naar De Cock. 'Is iemand opgewekt bezig om het hele Amsterdamse zwerversbestand uit te roeien?'
De Cock trok zijn schouders op en gromde.
'Ik ben er niet blij mee.'
Bram van Wielingen pakte zijn koffertje, nam daaruit zijn Hasselblad en monteerde een flitslicht.
'Heb je nog bijzondere wensen?'
De Cock knikte.
'Verderop is een metalen rooster. Vanuit de loodsen wordt daar warme lucht geventileerd. Ik wil daarvan een paar plaatjes. Zo'n rooster vormt voor zwervers een begeerde slaapstek.'
Bram van Wielingen staarde hem verwonderd aan.

'En daarvoor slaan ze elkaar de hersens in?'
De Cock maakte een hulpeloos gebaar.
'Geen idee. Ik zoek naar een motief en ik wil niets uitsluiten.'
Terwijl Bram van Wielingen in het dode gelaat flitste, kwam dokter Den Koninghe naderbij. Achter hem torenden twee reusachtige broeders van de Geneeskundige Dienst met hun onafscheidelijke brancard.
De Cock liep op hem toe en begroette hem hartelijk.
'Het spijt me,' sprak hij vriendelijk, 'dat ik u weer laat komen... in dit verschrikkelijke weer. Ik voel me bijna schuldig.'
Dokter Den Koninghe keek naar hem op.
'Schuldig,' bromde hij. 'Jij staat hier toch ook niet voor je lol?'
De Cock schudde mistroostig zijn hoofd.
'Uit gore plicht en omdat ik maandelijks mijn huur moet betalen.'
Dokter Den Koninghe liep aan de mopperende De Cock voorbij naar het slachtoffer en knielde bij hem neer. De kleine lijkschouwer besteedde ruime aandacht aan de gapende hoofdwond. Daarna drukte hij in een devoot gebaar de oogleden van de dode toe.
De Cock wachtte geduldig tot de dokter overeind was gekomen en in de regen het bloed van zijn handen had laten stromen. Daarna volgde hij gedwee de reeks routinegebaren met het brilletje en de pochet.
Toen hij zijn ceremonie had beëindigd, gebaarde de lijkschouwer naar het slachtoffer.
'Hij is dood,' sprak hij laconiek.
De Cock knikte met een strak gezicht.
'Dat begreep ik,' reageerde hij simpel.
Dokter Den Koninghe wees opnieuw naar de dode.
'Dokter Rusteloos heeft mij vanmiddag gebeld. Hij is ontzettend benieuwd naar het wapen waarmee de moord is gepleegd. Hij vroeg mij of ik gisteren in het haar van het slachtoffer steensplintertjes had zien glinsteren. Hij was bang dat die bij het vervoer van het lijk verloren waren gegaan.'
'Had u steensplintertjes gezien?'
Dokter Den Koninghe schudde zijn hoofd.

'Ook nu niet.'
De kleine lijkschouwer draaide zich om en liep weg.
De Cock keek hem na. Daarna wendde hij zich tot de fotograaf, die zijn fraaie Hasselblad beschermend tegen de regen behoedzaam in zijn koffertje teruglegde.
'Ben je klaar?'
Bram van Wielingen knikte.
'Ik heb ook een paar plaatjes gemaakt van het metalen rooster.'
De fotograaf zweeg even.
'Je moet zelf maar eens gaan ruiken. Dat lijk stinkt. Dezelfde geur hangt aan het metaal van het rooster.'
De Cock glimlachte.
'Ik zal het Vledder laten doen. Mijn reukvermogen is niet zo best.'
Bram van Wielingen trok een ernstig gezicht.
'Het is goed waar te nemen. Zelfs in dit weer. Een penetrante geur.'
De Cock gebaarde nonchalant.
'Het betekent alleen dat het slachtoffer daar op het rooster heeft gelegen.'
De fotograaf glimlachte.
'Het was maar een hint.'
Hij zwaaide met zijn vrije hand ten afscheid en rende rillend naar zijn wagen.
De Cock wenkte de broeders van de Geneeskundige Dienst naderbij. Ze tilden de dode met zijn rug op de brancard. De oude rechercheur liep op hen toe en beduidde hen om even te wachten. Zijn hand gleed naar de binnenzakken van het versleten colbert van het slachtoffer.
Er was niets. Geen portefeuille, geen bescheiden. Hij mompelde een verwensing en probeerde het opnieuw in de zijzakken. Zonder resultaat. Daarna gaf hij de broeders een teken dat ze verder konden gaan. Ze drapeerden een laken om het slachtoffer, sloegen de canvasflappen dicht en sjorden de riemen aan.
De Cock keek toe hoe zij het slachtoffer zacht wiegend op de brancard naar de ambulancewagen droegen.

Toen die wegreed en de rode achterlichten in mistige slierten vervaagden, draaide de oude rechercheur zich om. Over het water van het IJ hing een grauwe regensluier. Het was hetzelfde beeld als de avond tevoren. Zo nu en dan klonken de misthoorns van elkaar passerende schepen. Het geluid beangstigde hem.
Hij tuurde over het klotsende water. De lichten van het Amsterdamse stadsdeel aan de overkant waren in de mist opgegaan.
Vledder tikte op zijn rug.
'Wil je hier overnachten?'
De oude rechercheur draaide zich om. Aan de zijde van Vledder liep hij peinzend terug naar de Golf. De politiewagen met het blauwe zwaailicht stond er ook nog. De jonge diender die De Cock te woord had gestaan, leunde verveeld tegen het portier. De regen scheen hem niet te deren.
Plotseling ontstond er langs de loodsen enig rumoer. Geflankeerd door een beveiligingsman en een andere jonge diender liep, gebogen en met slepende tred, een zwerver op De Cock toe.
De oude rechercheur herkende de houding, de baard en rook een wee-zoete zweetlucht.
'Adriaan,' lispelde hij verschrikt, 'Adriaan van Bovenkerk... was jij het?'

De Cock wierp zijn oude hoedje missend naar de kapstok.
Hij deed zijn natte regenjas uit en raapte zijn hoedje op. Daarna draaide hij zich om.
Naast Vledder, bij de deur van de grote recherchekamer, stond Adriaan van Bovenkerk. De Cock bekeek hem aandachtig. Boven zijn wilde baard zag zijn gezicht bleek en zijn ogen stonden dof.
'Doe dat natte spul uit,' sprak hij niet onvriendelijk.
Hij wees naar de stoel naast zijn bureau. 'Ga daar maar zitten.'
Adriaan van Bovenkerk volgde gedwee zijn aanwijzingen. De Cock nam achter zijn bureau plaats en boog zich naar de man toe.
'Steek maar van wal met jouw verhaal,' nodigde hij de zwerver uit.

Adriaan van Bovenkerk wreef met de linkermouw van zijn overhemd het regenwater uit zijn baard.
'Ben ik gearresteerd?'
'Je bent hier niet op kraamvisite, als je dat soms mocht denken,' antwoordde De Cock.
De zwerver trok zijn kin iets op.
'Ik ben verdachte?'
'Absoluut.'
'Dat begrijp ik. Toen ik van Johnny wegliep, heeft die man van de beveiliging mij gezien.'
De Cock fronste zijn wenkbrauwen.
'Johnny... wie is Johnny?'
'Die doodgeslagen vent.'
'Jij kent hem?'
'Johnny van der Kamp, een gabbertje van me.'
De Cock grijnsde met een scheve mond.
'En jij slaat gabbertjes van je dood?'
Adriaan van Bovenkerk schudde zijn hoofd.
'Ik heb hem niet doodgeslagen.'
'Wie dan wel?'
'Dat is jouw taak om daar achter te komen.'
De Cock knikte traag voor zich uit.
'Waarom liep je weg?'
'Stom. Noem het de schrikreactie van een dakloze als hij een uniform ziet. Die man van de beveiliging leek precies op een diender.'
De Cock wuifde afwerend.
'Dat argument raakt mij niet.'
Adriaan van Bovenkerk zuchtte diep.
'Toch was dat de reden dat ik wegliep. Niet ver. Ik heb mij ook niet verscholen. Toen ik die man van de beveiliging met een jonge diender zag zoeken, ben ik naar hen toe gegaan. Ik had makkelijk kunnen ontkomen. Een dakloze kent zo zijn plekjes.'
De Cock knikte begrijpend.
'Hoe heb je die... eh, die Johnny van der Kamp gevonden?'
'Hoe?'

'Ja.'
'Net zo als jullie hem hebben gevonden... dood, met een gat in zijn kop.'
De Cock schudde zijn hoofd.
'Ik bedoel, hoe kwam je ertoe om naar de kop van het Stenen Hoofd te gaan?'
'Ik had een afspraak met Johnny. We zouden samen op het rooster slapen. Maar ik was wat laat. Iemand in de stad bood mij een pilsje aan.'
'Wie?'
'Wat bedoel je?'
'Wie bood je een pilsje aan?'
'Geen idee. Een hoerenloper, denk ik. Het was op de Wallen.'
'Je kent hem verder niet?'
Adriaan van Bovenkerk keek hem uitdagend aan.
'Moet dat? Moet ik die man kennen? Er zijn gelukkig mensen die beseffen dat ook een dakloze wel eens trek heeft in een goed glas pils.'
De Cock drukte een gevoel van ergernis weg.
'En toen jij op het Stenen Hoofd bij het rooster aankwam, vond jij Johnny vermoord?'
'Precies.'
'En dat verhaal moet ik geloven?'
'Ik kan u geen ander verhaal geven,' sprak de zwerver vertwijfeld. 'Dat is de waarheid. Ik heb geen enkele reden om Johnny van der Kamp iets aan te doen. Ik beschouwde hem als een vriend. Net als ik Harold de Vries als een vriend beschouwde.'
De Cock zuchtte gelaten.
'Johnny was al dood.'
Adriaan van Bovenkerk knikte.
'Niet lang, schat ik. Hij ademde niet meer, maar hij voelde nog warm aan.'
'Hoelang heb jij bij zijn lijk vertoefd voordat die beveiligingsman kwam?'
'Een halfuurtje, denk ik.'
De Cock keek hem verwonderd aan.

'Een halfuur?'
'Ja.'
'Wat heb je al die tijd gedaan? Johnny zijn handje vastgehouden?'
Adriaan van Bovenkerk reageerde fel.
'Je moet niet zo sarcastisch doen,' riep hij bestraffend.
'Ik ben eerst achter die zwerver aan gegaan.'
De Cock trok zijn neus iets op.
'Een zwerver?'
Adriaan van Bovenkerk knikte.
'Toen ik komend vanaf de Westerdoksdijk langs de loodsen op het Stenen Hoofd naar het rooster liep, passeerde mij een man. Er was niet veel licht en het regende, maar ik meende – gezien zijn houding en zijn kleding – dat het een zwerver was, een dakloze.'
'Je kende hem niet?'
'Ik heb niet in zijn snuit kunnen kijken. Hij draaide zijn gezicht van mij weg toen ik er aan kwam. Zijn kleding kwam mij niet bekend voor. En ik ken de meeste zwervers toch aan wat ze dragen.'
'Stonk die man?'
Adriaan van Bovenkerk keek hem niet-begrijpend aan.
'Stinken?'
De Cock knikte.
'Heb je een onaangename geur aan de man waargenomen? De man die Jules de Graaf na de moord op Harold de Vries op het Stenen Hoofd waarnam, stonk. Door die stank concludeerde Jules dat de man die hij in het hartstikke donker niet duidelijk kon onderscheiden, een zwerver was.'
Adriaan van Bovenkerk maakte een moedeloos gebaar.
'Het was een zwerver,' verzuchtte hij, 'maar welke geur er aan die man hing, weet ik niet. Mijn reukvermogen is niet zo best.'
'Verder?'
'Ik ging naar het rooster.'
De Cock grijnsde.
'En vond een dode Johnny.'
Adriaan van Bovenkerk knikte.

'Inderdaad, ik vond een dode Johnny. Ik was eerst te verbouwereerd om te reageren. Dat was maar kort, enkele seconden. Ineens realiseerde ik mij dat de man die mij was gepasseerd, vermoedelijk de man was die Johnny had vermoord.'
De Cock fixeerde de gelaatstrekken van de man voor zich. Hij volgde gespannen elke beweging van zijn hoofd, mond en ogen. Hij had het intense gevoel, dat dit belangrijk was.
'Verder.'
Het klonk als een bevel.
'Ik liep zo hard ik kon het Stenen Hoofd af. Toen ik op de Westerdoksdijk kwam, stapte die man in een auto en reed weg, in de richting van het Centraal Station. Ik heb geprobeerd om het kenteken op te nemen, maar zijn lichten waren gedoofd.'
De Cock fronste zijn wenkbrauwen.
'Een dakloze stapt in een auto?'
In zijn stem trilde ongeloof.
Adriaan van Bovenkerk knikte.
'Ik heb niet veel verstand van auto's, merken en zo, maar het was een grote donkere wagen.'
'Heb jij wel eens een dakloze in een grote wagen zien stappen en wegrijden?'
'Vanavond.'
De Cock lachte smalend.
'Ik heb in mijn lange loopbaan als rechercheur al heel veel wonderlijke verhalen aangehoord, maar dit overtreft toch alles.'
Het gezicht van Adriaan van Bovenkerk verstarde.
'De Cock,' sprak hij vermoeid, 'ik heb je beloofd om de moordenaar van Harold de Vries te vinden en ik bracht je Jules de Graaf.'
'Was hij de moordenaar van Harold de Vries?'
'Dat ligt aan jou om te beoordelen, maar zonder mij had je hem nooit gevonden.'
'Ik ben je dankbaar,' antwoordde De Cock cynisch.
Adriaan van Bovenkerk keek de oude rechercheur onderzoekend aan.
'Ik beloof je de zwerver van vanavond te vinden, compleet met zijn grote donkere wagen.'

Hij zweeg even voor het effect.
'Maar als je mij niet gelooft, als je mijn verhaal niet voor waarheid aanneemt, stop mij dan beneden in de cel en presenteer mij als de moordenaar van Johnny van der Kamp.'
Hij strekte zijn armen naar de grijze speurder uit.
'Ik waarschuw je alleen: het zou de grootste stommiteit uit je carrière zijn.'

9

Vledder keek De Cock verwonderd aan.
'Je liet hem zonder meer gaan,' sprak hij niet-begrijpend.
De Cock schudde zijn hoofd.
'Niet zonder meer. Hij gaat pogingen doen om de zwerver met de donkere wagen op te sporen.'
Vledder grinnikte smalend.
'Wat is zo'n toezegging waard?'
'Hij bracht ons Jules de Graaf. Hij heeft blijkbaar mogelijkheden, mogelijkheden die ik niet ken, kanalen die ik niet kan openen.'
Vledder schudde zijn hoofd.
'Volgens mij,' sprak hij zoet grijnzend, 'was je toch bang voor wat die Adriaan van Bovenkerk de grootste stommiteit uit je carrière noemde.'
'Adriaan van Bovenkerk,' sprak De Cock bedachtzaam, 'is een man met blijkbaar veel relaties. Bovendien is hij sluw en intelligent. En vooral tegen sluwe en intelligente mensen moet je geen stommiteiten begaan.'
Vledder keek hem schuins aan.
'Het arresteren van Adriaan van Bovenkerk zag jij als een stommiteit?'
De Cock knikte.
'Gezien de huidige stand van ons onderzoek was dat niet verstandig geweest.'
'Is hij in jouw ogen dan geen redelijke verdachte?'
De Cock knikte traag.
'Dat is hij wel. Hij bevond zich op de plek van het misdrijf. We hadden hem op basis daarvan wel enige tijd kunnen vasthouden. Maar zonder verdere aanwijzingen hadden we hem toch weer moeten laten gaan. En ik laat niet graag verdachten tussen mijn vingers door glippen.'
De oude rechercheur trommelde met zijn vingers op het bureau.

'Wat ik mis,' ging hij verder, 'is het motief. Waarom zou Adriaan van Bovenkerk die Johnny van der Kamp vermoorden? En bedenk: als wij Adriaan van Bovenkerk verantwoordelijk achten voor de moord op Johnny van der Kamp, dat wij dan ook moeten bewijzen dat hij Harold de Vries vermoordde.'
'Hoezo?'
De Cock keek zijn jonge collega verwonderd aan.
'Snap je dat niet?'
'Niet direct.'
'Beide moorden zijn volkomen identiek, gepleegd op exact dezelfde wijze, door vrijwel zeker dezelfde dader. De man of vrouw die Johnny van der Kamp vermoordde, moet ook verantwoordelijk zijn voor de dood van Harold de Vries.'
'Natuurlijk. Je hebt gelijk. Het was een stomme opmerking.'
De jonge rechercheur zweeg even.
'De leden van de familie De Bouchardon,' ging hij nadenkend verder, 'hadden een motief inzake de moord op Harold de Vries, een stalker die Madeleine de Bouchardon belaagde. In welke relatie staat de familie tot Johnny van der Kamp? Kunnen wij de familie voor beide moorden aansprakelijk stellen?'
De Cock stak een wijsvinger omhoog.
'Ogenschijnlijk pleit deze tweede moord voor de onschuld van de familie De Bouchardon. Tenzij...'
De oude rechercheur stokte.
Vledder keek hem verwachtingsvol aan.
'Tenzij wat?'
'Tenzij er een ander motief is.'
Vledder glunderde.
'Je bedoelt, dat Harold de Vries niet werd vermoord omdat hij zijn ex-vrouw lastigviel, maar om een reden die wij nog niet kennen. En in die reden, in dat motief, moet dan ook Johnny van der Kamp passen.'
De Cock keek naar hem op.
'Dick Vledder, je geest was even verduisterd, maar het licht breekt weer door. Trek die Johnny van der Kamp eens na. Probeer er achter te komen waarom hij een zwervend bestaan leidde, of er familieleden zijn met wie hij nog relaties onderhield.

Als dat banale warme rooster geen rol speelt, dan moet er een ander motief voor zijn dood zijn.'
De grijze speurder stond op, slenterde naar de kapstok en kroop onder zijn oude hoedje.
Vledder liep hem verwonderd na.
'Waar ga je heen?'
De Cock draaide zich half om.
'Ik hoop dat Smalle Lowietje nog open is. Mijn dorstige keel snakt naar het fluweel van een cognackie. Kom mee.'

Lowietje, wegens zijn geringe borstomvang in het wereldje van de penoze steevast Smalle Lowietje genoemd, zwaaide al meer dan een kwarteeuw met milde hand de scepter in het schemerig intieme lokaaltje, dat hij vol trots als 'mijn etablissement' betitelde.
Toen de rechercheurs binnenstapten, begroette hij hen uitbundig. De Cock schudde hij hartelijk de hand. Op zijn miezerige muizensmoeltje lag een gulle glans van verrukking. Smalle Lowietje was bijzonder op de grijze speurder gesteld, een genegenheid die door De Cock soms schaamteloos werd uitgebuit.
De Smalle wuifde joviaal.
'Ik ben blij je weer te zien,' riep hij vrolijk. 'Nog steeds in dienst?'
De Cock keek de caféhouder niet-begrijpend aan.
'Hoezo, nog steeds in dienst?' De oude rechercheur gniffelde. 'Dacht je dat ze mij inmiddels wegens wangedrag hadden ontslagen?'
Smalle Lowietje glimlachte.
'Het zou mij niets verbazen als dat op een kwade dag gebeurde. Als ik goed ben geïnformeerd, dan botert het niet zo tussen jou en de commissaris.'
Het gezicht van De Cock versomberde.
'Een liefde-haatverhouding, een soort latrelatie met de nadruk op "living apart". Het "together" heb ik nooit zo zien zitten.'
Smalle Lowietje lachte vrijuit.
'Hetzelfde recept?'

Zonder op antwoord te wachten, dook hij aalglad onder de tapkast en kwam omhoog met een fles Franse cognac Napoleon, die hij speciaal voor De Cock gereserveerd hield. Hij zette drie diepbolle glazen op de bar en schonk klokkend in.
'Druk aan de Kit?'
De Cock trok achteloos zijn schouders op.
'Ik zit met twee dode zwervers op schoot.'
Smalle Lowietje gniffelde.
'Dat zit, dacht ik, een beetje ongemakkelijk.'
De Cock reageerde niet. Voorzichtig nam hij zijn glas op, warmde het in de kom van zijn hand en nam een slokje. Met gesloten ogen liet hij de cognac door zijn keel glijden. Begeleid door een zoete zucht zette hij het glas weer voor zich op de bar neer.
'Dit, brave Lowie,' sprak hij teder, 'zijn van die schaarse momenten in mijn turbulent bestaan, die mij met het zoeken naar misdadigers verzoenen.'
De tengere caféhouder keek hem bewonderend aan.
'De Cock,' sprak hij gedragen, 'je bent een poëet, een prins van het woord. Je kunt van die mooie dingen zeggen.'
De oude rechercheur negeerde de opmerking.
'Weet jij iets van zwervers?' vroeg hij achteloos.
Smalle Lowietje keek hem bestraffend aan.
'Je mag ze geen zwervers meer noemen. Het zijn thuis- en daklozen.'
'Zwerven ze niet meer?'
De caféhouder knikte.
'Dat wel, maar ze worden tegenwoordig toch met wat meer aanzien en respect behandeld. Het woord "zwerver" heeft een negatieve klank. Thuis- en daklozen klinkt beter.' Hij keek peinzend naar de grijze speurder op.
'Hoe kom je aan twee dode zwervers?'
'Gevonden op de kop van het Stenen Hoofd.'
'Vermoord?'
'Ja.'
Smalle Lowietje reageerde verbaasd.
'Wie vermoordt er een zwerver?'
'Een goede vraag: wie vermoordt er een zwerver en waarom?'

'Heb je nog niemand op het oog?'
De Cock schudde zijn hoofd.
'Het vreemde is, dat het er sterk op lijkt dat beide zwervers door een andere zwerver werden vermoord.'
'En dat zint je niet?'
'De dingen gebeuren niet altijd op een manier die mij zint,' antwoordde hij joliger dan hij zich voelde.
'Ik denk dat de misdaad daar weinig rekening mee houdt.'
De oude rechercheur pakte zijn glas op en nam bedachtzaam nog een slok van zijn cognac.
'Heb jij wel eens een zwerver in je... eh, je etablissement?'
'Soms.'
'Ken jij zo iemand... min of meer persoonlijk?'
'Adriaan van Bovenkerk.'
De mond van De Cock gleed halfopen.
'Adriaan van Bovenkerk,' riep hij verrast.
'Speelt hij dan een rol in uw onderzoek?' vroeg Lowietje nieuwsgierig.
De Cock bedacht wat hij zou antwoorden.
'Zijdelings.'
Smalle Lowietje schoof zijn onderlip vooruit.
'Dan zou ik maar oppassen.'
'Waarom?'
De tengere caféhouder tikte met zijn kromme wijsvinger tegen de zijkant van zijn hoofd.
'Koppie koppie. Van Bovenkerk was, voor hij een zwervend bestaan ging leiden, hoofd van een advocatenkantoor.'
De Cock staarde de caféhouder geslagen aan. Het duurde lange seconden voor de grijze speurder de dreun had verwerkt.
'Hoofd van een advocatenkantoor?' vroeg hij met enige achterdocht.
Smalle Lowietje knikte.
'Ik heb dat uit betrouwbare bron.'
'Wanneer heb je hem hier voor het laatst gezien?'
De caféhouder gebaarde naar een kruk.
'Vanavond nog. Hij zat hier bij mij aan de bar en dronk een pilsje met Maurice.'

De Cock kneep zijn wenkbrauwen samen.
'Maurice? Maurice, en verder?'
Smalle Lowietje glimlachte.
'Ik kan zijn achternaam nooit goed onthouden. Ik dacht De Bourbon of zoiets.'
De Cock slikte.
'Maurice de Bouchardon.'
De blik van de tengere caféhouder verhelderde.
'Dat is het: De Bouchardon. Hij heeft hier in de buurt een liefje.'

Wat beduusd door de onthullingen, maar met de milde gloed van de verrukkelijke cognac in hun aderen verlieten de rechercheurs het café van Smalle Lowietje. Ze slenterden zij aan zij vanaf de Barndesteeg over de Achterburgwal. De avondlucht was kil, te kil voor de maand oktober. Ondanks de stromende regen heerste er drukte op de Wallen. Een leger van behoeftigen sjokte langs de etalages, waarin een bonte mengeling aan hoertjes in het milde roze licht zat te lonken.
De Cock ging achteloos aan de drukte voorbij. Hij trok de kraag van zijn oude regenjas omhoog. Zo nu en dan wuifde hij joviaal naar een hoertje dat hij kende.
Vledder keek hem van terzijde aan.
'Maurice de Bouchardon kent dus de als zwerver opererende Adriaan van Bovenkerk.'
De Cock fronste zijn wenkbrauwen.
'O-pe-re-ren-de?'
Vledder knikte.
'Ik krijg steeds meer het idee dat hij geen echte zwerver is, dat hij zich alleen maar als zodanig presenteert.'
'Om wat voor reden?'
'Geen flauw idee.'
De Cock trok een bedenkelijk gezicht.
'Het zijn vogels van diverse pluimage. Onder de daklozen tref je de meest vreemde figuren.'
Vledder zuchtte.
'In ieder geval is het vreemd dat Maurice de Bouchardon onze Adriaan van Bovenkerk kent.'

'Hoe?'
'Wat bedoel je?'
'Kent hij hem als zwerver of als de man die een groot advocatenkantoor leidde?'
'Maakt dat verschil?'
De Cock knikte nadrukkelijk.
'Kent hij hem als advocaat, dan behoeft dat niets te betekenen, maar kent hij hem als zwerver, als dakloze, dan is er mogelijk een link naar de vermoorde Harold de Vries en Johnny van der Kamp.'
'Beide versies zijn toch ook mogelijk?'
De Cock knikte.
'Aanvankelijk als advocaat en later, min of meer toevallig, ook als zwerver. Hoe dan ook, het maakt de zaak wel ingewikkeld. Ik heb het gevoel dat wij er nog lang niet uit zijn.'
Vledder mopperde.
'Als we er ooit uitkomen.'
Het klonk verdrietig.
Bij de Oude Kennissteeg namen ze de brug naar het Oudekerksplein. Plotseling liep De Cock links de Sint Annendwarsstraat in.
Vledder kwam hem na.
'Waar ga je heen?'
'Naar de Dollebegijnensteeg.'
De jonge rechercheur reageerde verrast.
'Wat moet je in de Dollebegijnensteeg?'
'Daar woont Laetitia... volgens Smalle Lowietje het blonde liefje van Maurice de Bouchardon.'

De jonge vrouw, gekleed in een ultra kort glimmend zwart rokje en getooid met een hoog opgebonden boezem in een witte blouse met volanten, keek in de deuropening van De Cock naar Vledder en terug.
Daarna schudde ze haar blonde hoofdje.
'Ik neem nooit twee mannen tegelijk mee.'
De Cock glimlachte.
'Wij zijn hier niet,' sprak hij vriendelijk, 'om door u meegenomen te worden.'

De oude rechercheur lichtte beleefd zijn hoedje.
'Mijn naam is De Cock met eh... met ceeooceekaa.' Hij gebaarde opzij. 'En dat is Vledder. Wij zijn beiden als rechercheur verbonden aan het bureau Warmoesstraat.'
'O, Jezus.'
De Cock schudde zijn hoofd.
'Die heeft met ons werk weinig te maken, hoop ik. Wij wilden even met u praten. Het lijkt mij beter om dat binnen te doen.'
Hij liet zijn blik over de vrouw glijden.
'In dit barre weer en uw schaarse kledij...'
De oude rechercheur maakte zijn zin niet af. Hij duwde haar met zachte drang haar werkkamertje in en liet Vledder de deur achter zich sluiten.
De vrouw keek hem wat angstig aan.
'Ik heb niets gedaan.'
De Cock bracht zijn beminnelijkste glimlach.
'Dat beweren wij ook niet. Daarvoor zijn we niet gekomen.' Hij pakte een rotanstoeltje dat tegen de muur stond, nam plaats en legde zijn hoedje op zijn knie. Vledder bleef afwachtend bij de deur staan wachten.
'U bent Laetitia?'
Ze knikte bevestigend.
'Laetitia... Laetitia van Dalen.'
De Cock gebaarde voor zich uit.
'Doe je gordijntjes dicht,' sprak hij vertrouwelijk, 'en ga rustig in je stoel achter het raam zitten. Wij maken het niet te lang. Wij wilden alleen even met u babbelen over uw vriend Maurice de Bouchardon.'
De blik van Laetitia van Dalen verhelderde.
'Maurice... de eeuwige vrijgezel.'
'Noemt hij zich zo?'
Laetitia van Dalen knikte.
'Daar is hij trots op. Trouwen is volgens hem het stomste wat een man kan doen. Zo'n vrouw, zegt hij, moet je in een volledig gemeubileerd huis zetten met alles d'r op en d'r an. Vaak wil ze ook nog een autootje. Het kost handenvol geld.'
Ze lachte vrijuit.

'Als Maurice getrakteerd wil worden, komt hij even naar mij. Ik geef hem alles wat hij nodig heeft. Hij is altijd volmaakt tevreden met me. Daar zorg ik wel voor. Volgens hem ben ik veel goedkoper dan zo'n vrouw met wie je trouwt.'
De Cock trok een zuinig gezicht.
'Vanuit dat standpunt heb ik de man-vrouwverhouding nog nooit bekeken. Ken je hem al lang?'
Laetitia knikte nadrukkelijk.
'Al een paar jaar. Wij zijn nog steeds erg close. Ik ben wel eens bij hem thuis geweest. Ik heb zijn vader en moeder ontmoet, lieve mensen.'
Ze zweeg even. De uitdrukking op haar gezicht veranderde.
'Toen zijn vader klant van mij wilde worden, heb ik dat toch afgewezen. Dat vond ik niet zo kies.'
De Cock keek haar vleiend aan.
'Vind ik toch netjes van je.'
Laetitia van Dalen glunderde onder de lof.
'Zijn vader bood me veel geld, maar ik kon het Maurice niet aandoen.'
'Komt hij vaak?'
'Maurice?'
'Ja.'
Het gezicht van Laetitia versomberde.
'Het is de laatste tijd wat minder. Hij heeft het zo druk, hij is achter een grote zaak aan. Als het lukt krijg ik wat moois van hem.'
'Grote zaak?'
Laetitia van Dalen glimlachte.
'Hij praat er niet graag over. Dat is gevaarlijk, zegt hij.'
'Waarom?'
'Er zijn er meer die op die partij azen.'
'Wat voor een partij?'
'Diamanten.'

10

Met een zwierige buiging en ontbloot hoofd nam De Cock afscheid van de bekoorlijke Laetitia van Dalen. De oude rechercheur wist welke eerbied hij vrouwelijk schoon verschuldigd was.
Hij kwam na zijn buiging wat stram overeind en schonk Laetitia zijn beminnelijkste glimlach. Daarna draaide hij zich om, zette zijn oude hoedje weer op zijn grijze haardos en schoof met Vledder aan zijn zijde vanuit de Dollebegijnensteeg de Sint Annendwarsstraat in.
De regen kwam nog steeds met bakken uit de hemel. De grijze speurder trok de kraag van zijn regenjas weer omhoog. De zelfgebreide wollen trui die zijn vrouw hem dwong te dragen zolang er een 'r' in de maand was, kriebelde in zijn nek.
Vledder bleef op de hoek van de Dollebegijnensteeg staan en blikte naar het blauwe naambordje aan de gevel. Met drie forse stappen haalde hij De Cock in.
'Jij weet zo veel van Amsterdam,' riep hij zwaaiend achter zich, 'bestaan er dolle begijnen?'
De oude rechercheur glimlachte.
'Volgens historici stamt die naam uit de vijftiende eeuw en is vrijwel zeker afgeleid van een uithangbord of een gevelsteen. Ik vermoed dat daar een kroegje is geweest dat die naam droeg.'
Vledder lachte.
'Genoemd naar een jolig begijntje, dat zich na een bezoek aan het kroegje wat dolletjes gedroeg.'
De Cock knikte.
'Het zou best kunnen. Amsterdam kende in die tijd vele begijntjes. Ze waren beslist niet altijd even dol. Integendeel, het waren devote, in gemeenschap levende vrouwen met een religieuze beleving. Begijnen hielden het midden tussen leken en kloosterlingen.'
De oude rechercheur blikte na zijn uitleg opzij.
'Hoe vond je onze Laetitia?'

'Een knappe meid. Jammer dat ze in de prostitutie verzeild geraakt is. Het is in feite verschrikkelijk dat zoiets moois zich zomaar voor geld te koop aanbiedt.'
De Cock maakte een berustend gebaar.
'Volgens de bijbel zijn ze er altijd geweest, hoeren en tollenaars. Ze waren Onze-Lieve-Heer het meest dierbaar.'
De oude rechercheur glimlachte vertederd.
'La-e-ti-ti-a,' sprak hij met welbehagen, 'een prachtige naam. Ik zou geen betere naam voor een hoertje kunnen bedenken.'
'Hoezo?'
De Cock plukte aan het puntje van zijn neus.
'Laetitia betekent vreugde. Of uitgebreider: zij die vreugde schenkt.'
Vledder bromde.
'De vreugde van ene Maurice de Bouchardon.'
Het klonk bitter.
De Cock glimlachte.
'Denk aan je voorgenomen huwelijk met Edmay,' waarschuwde hij schertsend. 'Weet wat je doet. Maurice de Bouchardon vindt trouwen het stomste wat een man kan doen.'
Het gezicht van Vledder verhardde.
'Die vent is een parasiet,' reageerde hij fel. 'Ik verzeker je, als de schoonheid van Laetitia verbleekt, koopt hij een ander hoertje.'
Een tijdje liepen ze zwijgend voort. Het werd stiller op straat. De felle regen joeg zelfs de meest verstokte hoerenloper uit de rosse buurt.
Vledder keek zijn oudere collega van terzijde aan.
'Wil je nog even langs de Kit?'
De Cock knikte nadrukkelijk.
'Absoluut. Je weet nooit of er nieuwe ontwikkelingen zijn.'
Vledder liet zijn hoofd mistroostig hangen.
'Ik ben het anders goed zat,' verzuchtte hij. 'Wat een dag hebben we achter de rug. Over werkdruk gesproken. Wie krijgt er op een enkele dag zo veel te verwerken als wij, twee simpele, sobere rechthandhavers uit de Amsterdamse Warmoesstraat? Vergeten wordt dat ik ook Edmay wel eens wil zien.'

De Cock hield zijn hoofd iets voorover en liet het regenwater uit de rand van zijn hoed lopen.
'Steek van wal,' sprak hij bemoedigend.
'Waarmee?'
'Onze werkdruk.'
'Jij begon vandaag met een hooglopende ruzie met commissaris Buitendam, die er volgens jou ten onrechte op aandrong om niet te veel aandacht aan de moord op de zwerver Harold de Vries te besteden.'
De jonge rechercheur zweeg even.
'We ontmoetten daarna een bezorgde Jeroen van Moerdijk, die Maurice de Bouchardon van moord op zijn zwager beschuldigde.
Vervolgens meldde zich Adriaan van Bovenkerk, een zwerver die uitdrukkelijk zijn medewerking opeiste bij het vinden van de moordenaar van de betreurde medezwerver Harold de Vries.'
Vledder ademde diep.
'Op Westgaarde zag ik een boze Madeleine de Bouchardon op het lijk van haar ex-man spuwen. Daarna woonde ik een vervelende en langdurige gerechtelijke sectie bij, waar dokter Rusteloos zich druk maakte over een minuscuul steensplintertje in de beschadigde hersenmassa van de vermoorde.'
De Cock stak zijn vinger op.
'Maurice de Bouchardon preekte bij mij zijn onschuld en verwees naar zijn emotionele vader, die hij zonder enige schroom als de absolute dader aanwees.'
Vledder knikte instemmend.
'Adriaan van Bovenkerk bracht "getuige" Jules de Graaf, die op de plaats van het misdrijf een zwerver had waargenomen die stonk, maar van wie hij verder geen enkel signalement kon geven.'
De Cock zuchtte.
'Marcel de Bouchardon, een wat gewelddadige jongeling, verwees naar zijn zuster Madeleine als de basis van al het kwaad. Tot slot van alle verwarring vonden wij op de kop van het Stenen Hoofd een nieuwe dode zwerver.'
'Johnny van der Kamp, een lijk dat stonk.'

De jonge rechercheur haalde diep adem.
'En dan zijn we er nog niet. Adriaan van Bovenkerk, zelf aanwezig op de plek van het misdrijf, vertelde vanaf de Westerdoksdijk een zwerver in een donkere auto te hebben zien wegrijden.'
De Cock knikte.
'En Smalle Lowietje vernam uit betrouwbare bron dat Adriaan van Bovenkerk vóór zijn zwerversbestaan een groot advocatenkantoor leidde.'
Vledder grinnikte.
'Maurice de Bouchardon trakteerde diezelfde Adriaan van Bovenkerk in het etablissement van Smalle Lowietje heel menslievend op een pilsje.'
De Cock trok zijn gezicht in een ernstige plooi.
'Het gebeurde – toeval of niet? – enige tijd voor de moord op Johnny van der Kamp, waardoor Adriaan van Bovenkerk wat verlaat op het Stenen Hoofd bij het warme rooster kwam.'
De grijze speurder liet de grillige accolades om zijn mond dansen.
'En *last but not least* aast, zo zegt de bekoorlijke Laetitia, Maurice de Bouchardon op een grote partij diamanten, die ook door anderen wordt begeerd.'
'Wie in deze warwinkel nog enig licht ziet...'
Vledder maakte zijn zin niet af.

Toen de rechercheurs de hal van het politiebureau aan de Warmoesstraat binnen stapten, wenkte Jan Kusters De Cock van achter de balie met een kromme vinger.
De oude rechercheur liep op de wachtcommandant toe en stak dreigend zijn wijsvinger naar hem uit.
'Ik ga gillen,' sprak hij spottend, 'als jij mij vertelt dat er weer ergens een lijk ligt.'
Jan Kusters lachte vrolijk.
'Het is jammer, ik heb nog geen melding van een nieuw lijk. Maar ik verzeker je, mocht er vannacht nog zo'n melding komen, dat ik die met het grootste plezier aan je doorgeef.'
De Cock trok een grijns.

'Wat heb je dan?'
Jan Kusters wees omhoog.
'Boven zit al bijna een uur een man op je te wachten.'
'Een zwerver?'
De wachtcommandant schudde zijn hoofd.
'Een keurig geklede man. Hij vroeg naar jou. Toen ik hem vertelde dat jij er niet was, vroeg hij of hij op je mocht wachten.'
'Wat jij genadig toestond.'
Jan Kusters keek hem verongelijkt aan.
'Jij had voor de nacht nog geen afscheid van mij genomen, dus wist ik dat je nog wel even langs zou komen.'
'Heb je zijn naam?'
De wachtcommandant schudde zijn hoofd.
'Op het moment dat hij zich meldde, was het hier voor de balie een heksenketel... ruzie tussen twee Duitsers, een Fransman en een Canadees over een hoertje uit het Oostblok.'
De Cock grijnsde.
'Je hebt het zwaar.'
Hij draaide zich om en besteeg opmerkelijk kwiek de stenen trappen naar de tweede etage.
Vledder volgde met vermoeide tred.
Op de bank bij de deur naar de grote recherchekamer zat een man. Toen hij de oude rechercheur in het oog kreeg, stond hij op en liep op hem toe.
'U bent rechercheur De Cock? De Cock met... eh, met ceeooceekaa?'
De grijze speurder moest een glimlach onderdrukken. Hij keek de man voor zich zwijgend aan. Hij schatte hem op achter in de veertig. Wellicht iets ouder.
De man had bruine ogen, lichtgolvend zwart haar, iets grijzend aan de slapen. De man was keurig gekleed, een heer. Onder zijn vrijwel droge beige regenjas droeg hij een stemmig donkerblauw driedelig kostuum, een spierwit overhemd met een effen rode stropdas.
Het zwijgen van De Cock stoorde de man zichtbaar.
'U... eh, u bent toch rechercheur De Cock?' vroeg hij ongeduldig.

De oude rechercheur knikte.
'U wilt mij spreken?'
'Inderdaad. Ik blijf niet voor niets uren op u wachten.'
De Cock liep aan de man voorbij.
'Gaat u maar mee.'
Hij opende de deur naar de grote recherchekamer, zwiepte zijn oude hoedje missend naar de kapstok en ging met zijn regenjas nog aan achter zijn bureau zitten. Daarna keek hij op naar de man die hem was gevolgd.
'Hoe later op de avond,' declameerde hij, 'hoe schoner volk. Neemt u plaats.'
De man ging aarzelend zitten.
'Ik... eh, ik heb,' opende hij voorzichtig, 'vanavond een vreemd telefoontje gekregen.' Hij stopte even. Over zijn ovale gezicht gleed een glimlach. 'Laat ik mij eerst even aan u voorstellen. Mijn naam is Baardwijk... Antoon Baardwijk. Ik woon in Aerdenhout. Ik ben directeur van een exportbedrijf in Haarlem.'
'U kreeg een telefoontje.'
Antoon Baardwijk knikte.
'Iemand raadde mij aan om contact met u op te nemen. Letterlijk zei de man: "Ga naar het politiebureau aan de Warmoesstraat in Amsterdam en vraag naar rechercheur De Cock met ceeooceekaa".'
Hij maakte een verontschuldigend gebaar.
'Vandaar dat ik uw naam spelde.'
De Cock knikte begrijpend.
'Wat zei die man nog meer?'
'Dat u een mededeling voor mij had.'
De Cock fronste zijn wenkbrauwen.
'Ik heb geen mededeling voor u,' sprak hij hoofdschuddend. 'Ik zie u vanavond voor het eerst en ik heb uw naam nog nooit horen noemen.'
Antoon Baardwijk keek hem peinzend aan.
'Vreemd. Ik kreeg toch de indruk dat het de man ernst was. Ik bedoel, het was geen grap.'
De Cock boog zich iets naar Baardwijk toe.
'Heeft de man zijn naam genoemd?'

Antoon Baardwijk knikte.
'Ik weet alleen niet of ik zijn naam goed heb verstaan. Het was iets met 'Boven...Bovendijk...Bovenkant... of zoiets.'
De Cock trok zijn wenkbrauwen samen.
'Bovenkerk?' opperde hij.
Antoon Baardwijk reageerde onzeker.
'Dat kan het wel zijn geweest.'
'Van Bovenkerk?'
Antoon Baardwijk zuchtte.
'Het is stom dat ik zijn naam niet heb genoteerd. Ik heb ook niet verder gevraagd. Ik ging ervan uit dat u inderdaad een mededeling voor mij had. Het leek mij ernstig genoeg. Ik ben onmiddellijk in mijn wagen gestapt en ben naar Amsterdam gereden.'
De Cock plukte aan het puntje van zijn neus.
'Ik stel u een vreemde vraag: hebt u relaties met zwervers?'
Antoon Baardwijk keek hem verward aan.
'Hoe bedoelt u dat?'
De Cock spreidde zijn handen.
'Kent u mensen die een zwervend bestaan leiden?'
Antoon Baardwijk schudde nadenkend zijn hoofd.
'Nee.'
'Zegt de naam Harold de Vries u iets?'
'Nee.'
'Johnny van der Kamp?'
De ogen van Antoon Baardwijk lichtten op.
'Johnny... ja, Johnny, mijn halfbroer. Aan hem dacht ik even niet.'
'Leidt hij een zwervend bestaan?'
Antoon Baardwijk knikte.
'Na de dood van mijn vader, Antonius Baardwijk, trouwde mijn moeder voor de tweede keer, met een Johannes van der Kamp. Dat had ze nooit moeten doen. Die vent deugde niet. Het ergste was nog, dat ze van hem zwanger werd en een zoon baarde.'
'Johnny van der Kamp.'
Antoon Baardwijk knikte.
'Johnny. Ik ben niet samen met hem opgevoed. Ik was toen gelukkig al het huis uit. Hij is achttien jaar jonger dan ik.'

'U hebt geen contact meer met hem?'
Antoon Baardwijk tuitte zijn lippen.
'Soms, soms belt Johnny mij op en dan maak ik een afspraak met hem ergens in een café hier in Amsterdam. Ik heb niet graag dat hij in zijn slordige outfit naar Aerdenhout komt.'
De Cock glimlachte.
'Een kleine familiereünie?'
Antoon Baardwijk liet zijn hoofd iets zakken.
'Johnny zit altijd om geld verlegen. Als hij platzak is, dan belt hij.'
'En dan gaat u naar Amsterdam om hem wat te geven?'
Antoon Baardwijk glimlachte.
'Niet te veel. Dat zou niet goed zijn. Maar toch wel genoeg voor hem en zijn maat om er een tijdje op te teren.'
De man keek op. De uitdrukking op zijn gezicht veranderde.
'Is er wat... is er wat met Johnny?'
In zijn stem klonk achterdocht.
De Cock knikte traag.
'Hij is dood. Iemand sloeg hem vanavond zijn hersens in.'
'Vermoord?'
De Cock knikte opnieuw.
'Duidelijk.'
Antoon Baardwijk trok zijn gezicht strak.
'De man die mij belde, moet dat hebben geweten.'
'Die wist het. Hij was de man die het ontzielde lichaam van Johnny ontdekte.'
'Waar was Pieter dan?'
'Wie is Pieter?'
'Zijn maat... zijn lijftrawant. Die twee waren onafscheidelijk. Ik heb Johnny nog nooit zonder zijn Pieter gezien.'
De Cock kauwde op zijn onderlip.
'Weet u iets meer van die Pieter?'
Antoon Baardwijk verzonk in gepeins.
'Hij was een Belg... kwam uit Antwerpen... was ongeveer even oud als Johnny.'
'Achternaam?'
Antoon Baardwijk schudde traag zijn hoofd.

'Heb ik nooit gehoord.'
De Cock strekte zijn wijsvinger naar hem uit.
'Als u geld bracht... gebeurde dat steeds in hetzelfde café?'
'Ja.'
'Welk?'
'Een klein kroegje op de hoek van de Achterburgwal en de Barndesteeg.'
De Cock veerde op.
'Smalle Lowietje.'
Antoon Baardwijk maakte een schouderbeweging.
'Ik weet niet hoe dat kroegje heet. Volgens mij heeft het geen naam. Er is geen uithangbord en er staat niets op de ruiten.'
De Cock glimlachte.
'Smalle Lowietje zwaait daar de scepter.'
Antoon Baardwijk zweeg secondenlang. De uitdrukking op zijn gezicht versomberde.
'Johnny deugde niet,' sprak hij hoofdschuddend. 'Ik weet dat hij en zijn maat vaak kleine diefstallen pleegden. In een overmoedige bui hebben ze mij dat wel eens verteld. Toch wens je niemand zo'n einde.'
Hij keek naar De Cock op.
'Weet u al wie het heeft gedaan?'
De oude rechercheur schudde zijn hoofd.
'Ik heb nog geen flauw idee. Iemand met een duister motief. Op dezelfde plek is een dag tevoren ook een zwerver vermoord... op dezelfde wijze.'
Antoon Baardwijk reageerde niet. De woorden van De Cock gleden langs hem heen. Hij schudde zijn hoofd.
'Arme Johnny,' sprak hij bewogen. 'En hij dacht nog wel rijk te worden.'
De Cock verstarde.
'Rijk?'
Antoon Baardwijk knikte.
'De laatste keer dat ik hem sprak, deed hij nogal geheimzinnig. Binnenkort, zei hij... binnenkort heb ik jouw centen niet meer nodig.'

11

De Cock stapte de volgende morgen met een zucht van verlichting op het Stationsplein uit een overvolle tram. Hij was tijdens de rit ernstig in de verdrukking geraakt door een volumineuze dame met een rijkelijk overgewicht. Ze was met een plof naast hem op de smalle trambank gaan zitten en had geen enkele concessie aan haar territoriumdrift willen doen. Opgelucht, maar met de geur van haar parfum nog tussen zijn neusvleugels, slenterde hij te midden van de stroom treinreizigers naar het brede trottoir van het Damrak.
Het regende. Het regende nu al weken achtereen. De oude rechercheur kon zich niet herinneren dat het ooit in de maand oktober zo lang en intens had geregend. Overal lagen plassen. De putten konden het regenwater niet verwerken. De vlaggen aan de steigers van de rondvaartboten hingen zwaar van het water slap naar beneden. Troosteloos.
De Cock blikte om zich heen en ontdekte onder druipende paraplu's alleen chagrijnige gezichten. Het sombere weer miste zijn uitwerking niet. De mensen werden er bepaald niet vrolijker van.
De oude rechercheur snoof een paar maal om de parfumgeur uit zijn neus te verwijderen en beleefde een binnenpretje. In de gang van zijn woning hing al jaren een tegeltje met de tekst: *De barometer heeft met ons humeur niets te maken.* Het besloot zich daaraan te spiegelen, toverde een glimlach op zijn brede gezicht en versnelde zijn tred. Bij de Oudebrugsteeg stak hij voor een aanstormende tramtrein van lijn 9 de rijbaan over. Iemand lachte. De Cock in draf was een koddig gezicht.
Op de hoek van de Oudebrugsteeg en de Warmoesstraat lichtte hij even beleefd zijn hoedje voor een bedaagde prostituee, die hij naar zijn gevoel al een eeuwigheid kende en stapte seconden later het politiebureau binnen. In de hal wuifde hij uitbundig naar de wachtcommandant achter de balie. Fluitend besteeg hij de stenen trappen naar de tweede etage.

In de grote recherchekamer zwiepte hij zijn hoedje naar de kapstok en slaakte een juichkreet toen zijn trouwe hoofddeksel tollend aan een haak bleef hangen.
Daarna wurmde hij zich uit zijn natte regenjas en sjokte naar zijn bureau.
'Wat opgeknapt?' vroeg hij belangstellend aan Vledder, die ontspannen achter zijn bureau de ochtendbladen doornam.
Vledder keek verstoord op.
'Waarvan?'
De Cock reageerde verwonderd.
'Ik dacht dat je er gisteravond aardig doorheen zat. Jeremiades over werkdruk. Daar had ik je nog nooit eerder over gehoord.'
Vledder knikte.
'Ik was het ook goed zat. De cognac van Smalle Lowietje viel ook niet zoals anders en tijdens het bezoek van die Antoon Baardwijk viel ik bijna in slaap. Toen ik thuiskwam ben ik onmiddellijk naar bed gegaan en heb een paar uur goed geslapen. Ik heb zelfs niet van de Warmoesstraat gedroomd.'
De Cock reageerde verontrust.
'Je hebt het gesprek dat ik met die Baardwijk had, toch wel goed gevolgd, hoop ik?'
Vledder knikte nadrukkelijk.
'Ik heb er vanmorgen nog over nagedacht. Weet je wat mij het meest frappeerde?'
'Nou?'
'Het telefoontje. Het telefoontje dat Antoon Baardwijk deed besluiten om halsoverkop naar de Warmoesstraat te rijden. De vraag die onmiddellijk bij mij opkwam: hoe kende Adriaan van Bovenkerk de relatie tussen Johnny van der Kamp en Antoon Baardwijk? Hoe wist hij dat Johnny van der Kamp een halfbroer had die in Aerdenhout woonde?'
De Cock gebaarde achteloos.
'Daar is wel een antwoord op te vinden. Adriaan van Bovenkerk beschouwde Johnny van der Kamp als zijn vriend. Als dat wederzijds is geweest, dan bestaat de mogelijkheid dat Johnny hem over zijn rijke halfbroer heeft ingelicht.'
Vledder schudde geërgerd zijn hoofd.

'Ik vertrouw die Adriaan van Bovenkerk niet. Hij speelt een dubieuze rol. Ik denk dat hij meer bij die twee moorden is betrokken, dan wij vermoeden.'
'Hoe?'
Vledder klapte krachtig met zijn vuist op het blad van zijn bureau.
'Dat weet ik niet,' riep hij. 'Het is een gevoel. Ik kan mij niet aan de indruk onttrekken dat hij geen echte zwerver is, geen clochard zoals de anderen.'
'Wat is hij dan?'
Vledder wuifde afwerend.
'Ik heb geen flauwe notie wat die vent wel is!' riep hij geprikkeld. 'Om een of andere duistere reden vertoeft hij tussen dat zwerversvolkje. En ik zou die duistere reden graag kennen.'
De Cock trok een denkrimpel in zijn voorhoofd.
'Volg dezelfde procedure als bij Johnny van der Kamp. Probeer er achter te komen of hij in het verleden werkelijk een advocatenkantoor heeft geleid, en welk kantoor dat was. Vraag naar familiebetrekkingen... vrouw, kinderen.'
De oude rechercheur zweeg even.
'Hoe laat is de gerechtelijke sectie op het lijk van Johnny van der Kamp?'
'Vanmiddag om twee uur. Ik hoop alleen dat dokter Rusteloos niet opnieuw lange tijd naar steensplintertjes gaat zoeken.'
De Cock negeerde de opmerking.
'Bel straks even met Bram van Wielingen en zeg hem dat hij naar het sectielokaal moet komen.'
'Waarvoor?'
'Ik wil een foto van het gezicht van Johnny van der Kamp... let wel, nadat dokter Rusteloos het bloed van dat gezicht heeft verwijderd. Ik wil die foto gebruiken voor de herkenning.'
Vledder keek hem verwonderd aan.
'We weten toch wie hij is?'
De Cock knikte.
'Maar we weten nog niet wie die mysterieuze Pieter is. Volgens Antoon Baardwijk was hij de lijftrawant van Johnny van der Kamp. Misschien kan die Pieter ons vertellen waarom Johnny dacht dat hij spoedig rijk zou worden.'

Vledder grijnsde.
'Sommige mensen wanen zich voor de trekking al rijk met een lot van de loterij in hun zak. Ze doen al uitgaven in de verwachting van de prijs...'
De jonge rechercheur stokte. Hij sloeg met de muis van zijn rechterhand tegen zijn voorhoofd.
'Stom van me, de Cock. Sorry. Ik vergat je te zeggen dat je onmiddellijk bij Buitendam moest komen.'

Commissaris Buitendam, de lange statige chef van het politiebureau aan de Warmoesstraat, wees met een diepe frons op zijn gelaat naar de artistieke klok op zijn bureau.
'Kom je nu pas binnen?'
De Cock verzweeg de vergeetachtigheid van Vledder en knikte.
'Verslapen,' verzuchtte hij. 'Het is gisteravond nogal laat geworden.'
Buitendam liet het onderwerp rusten. Hij wenkte met een slanke hand naar de stoel voor zijn bureau.
'Ga zitten, De Cock,' sprak hij geaffecteerd. 'Je moet mij even inlichten.'
De oude rechercheur besloot om dit keer het gesprek met zijn chef prettig te laten verlopen. Hij nam tegenover hem plaats.
'Waarover moet ik u inlichten?' vroeg hij welwillend.
Buitendam wuifde in zijn richting.
'Hoe het staat met je onderzoek naar de dood van die zwerver.'
'Welke zwerver bedoelt u?'
Buitendam raadpleegde een notitie voor zich op zijn bureau.
'Harold de Vries.'
De Cock maakte een hulpeloos gebaar.
'We hebben vrijwel geen vorderingen gemaakt,' sprak hij verontschuldigend. 'Het is raadselachtig. We dachten aanvankelijk het motief te kennen. De familie De Bouchardon, die zich van de stalkende ex-man van zuster-dochter Madeleine wilde ontdoen. Maar dat is dubieus geworden. Ik denk dat wij het motief in een totaal andere richting moeten zoeken.'
'Hoelang denk je nog nodig te hebben?'

De Cock trok zijn schouders op.
'Daar kan ik geen zinnig antwoord op geven. Het is nogal gecompliceerd. Ik weet echt niet in welke richting ik het onderzoek moet voortzetten. Ik hoop nieuwe aanwijzingen te krijgen.'
Buitendam kuchte.
'Ik wil toch wel graag dat de moord op die... eh, die Harold de Vries wordt opgelost.'
De Cock keek hem schuins aan.
'Ongeacht de tijdsduur?'
Het was een vraag die plotseling bij hem opkwam.
Buitendam knikte nadrukkelijk.
'Ongeacht de tijdsduur,' herhaalde hij.
De Cock voelde zijn bloed kriebelen. Tijdens het vorige onderhoud met zijn chef had die een geheel andere mening verkondigd. In de aderen van de grijze speurder pulseerde het verzet. Hij kwam traag overeind en fronste zijn wenkbrauwen.
'Ik... eh, ik dacht,' sprak hij aarzelend, 'dat ik in verband met de geringe economische inbreng van zo'n zwerver niet zo veel tijd aan de oplossing mocht besteden?'
Buitendam gebaarde geagiteerd naar de telefoon.
'Nu er een tweede zwerver is vermoord... op dezelfde plek en op dezelfde wijze... zeurt de pers aan mijn kop. Ik ben vanmorgen al tientallen malen lastiggevallen. Als er onverhoopt nog een derde zwerver als slachtoffer valt, dan krijg ik de complete media over mij heen.'
De Cock veinsde onbegrip.
'Door de dood van die tweede zwerver mag ik voor mijn onderzoek al de tijd nemen die ik nodig heb?' vroeg hij fijntjes.
Buitendam knikte nadrukkelijk.
'Absoluut. Er is mij alles aan gelegen dat de beide moorden worden geklaard.'
De commissaris strekte een waarschuwende vinger naar De Cock uit.
'En probeer in godsnaam een soortgelijke derde moord op een zwerver te voorkomen. Ik weet waarachtig niet hoe ik ons werk dan nog moet verkopen.'

De Cock reageerde niet direct. Hij streek met zijn pink over de rug van zijn neus.
'Eén zwerver is niets,' sprak hij samenvattend, 'twee zwervers is wat en bij drie zwervers gaan we uit ons dak?'
Buitendam keek hem verward aan.
'Ik begrijp je niet.'
De Cock glimlachte.
'Het doet mij denken aan een versje of een spreuk, die mijn oude moeder mij langgeleden leerde: *één ei*, zei ze, *is geen ei, twee ei is een half ei en drie ei is een paasei.*'
De oude rechercheur grinnikte uitbundig.
'Heet dat modern beleid?'
Commissaris Buitendam kwam met een ruk uit zijn stoel overeind. Zijn smalle gezicht zag bleek en zijn neusvleugels trilden. Hij strekte zijn rechterarm naar de deur.
'Eruit.'

De grijze speurder slenterde op zijn gemak vanuit de Warmoesstraat via de Lange en de Korte Niezel naar de Achterburgwal. Het regende nog steeds. De bomen aan de walkant drupten en de hoertjes hingen verveeld in hun stoelen achter het raam. Er was weinig klandizie. Het sombere weer activeerde de seksdrang niet.
Op de hoek van de Barndesteeg schoof De Cock het schemerig intieme lokaaltje van Smalle Lowietje binnen. Het was er stil. Alleen aan een tafeltje bij het raam zaten twee opzichtig uitgedoste prostituees aan een zoet drankje.
De tengere caféhouder keek de oude rechercheur wat verbaasd aan. Hij vergat te groeten.
'Ben je er al weer?' riep hij verrast. 'Het is tot nu nog nooit gebeurd dat je binnen de vierentwintig uur mijn etablissement voor een tweede keer betrad.'
De Cock grinnikte.
'Lowie,' grapte hij, 'ik word onweerstaanbaar tot je aangetrokken.'
'Een ongebruikelijk uur.'
De Cock hees zijn negentig kilo op een barkruk en knikte.

'Het is feitelijk te vroeg voor het consumeren van een glas cognac, maar schenk toch maar in. De vloeibare zon zal ongetwijfeld mijn klamme ziel wat warmte schenken.'
Smalle Lowietje blikte om zich heen.
'Waar is je maat?'
De Cock duimde over zijn schouder.
'Die ziet op dit moment toe hoe dokter Rusteloos een lijk openpeutert.'
De caféhouder schonk klokkend in.
'Hij liever dan ik.'
De Cock nam een slok van zijn cognac.
'Vroeger woonde ik zelf de secties bij, maar ik heb in de loop der jaren genoeg dode mensen van binnen gezien. Het hoeft voor mij niet meer. Ik weet inmiddels wel waar alle organen liggen.'
Smalle Lowietje boog zich iets naar hem toe.
'Schiet je al iets op met de moord op die twee zwervers aan het Stenen Hoofd?'
De Cock schudde zijn hoofd.
'Niet erg.'
'Ken je hun namen?'
'Wil je die weten?'
Lowietje trok zijn smalle schouders op.
'Misschien kan ik je een hint geven.'
De Cock zuchtte.
'Ene Harold de Vries, een kunstenaar, en Johnny van der Kamp, een man van wie ik nog niets weet. Zeggen die namen je iets?'
Op het muizensmoeltje van de caféhouder kwam een dromerige trek.
'Van der Kamp.'
De Cock keek hem verwachtingsvol aan.
'Wat is er met Van der Kamp?'
Smalle Lowietje boog zich weer naar hem toe.
'Die Adriaan van Bovenkerk was hier vanmorgen weer. Hij vertelde mij dat een van de vermoorde zwervers Van der Kamp heette en hij vroeg mij of die Van der Kamp wel eens hier in mijn etablissement kwam.'
'En?'

'Wat bedoel je?'
'Wat heb je geantwoord?'
Smalle Lowietje toonde een grijns.
'Ik heb hem gezegd dat ik geen Van der Kamp ken.'
De Cock beluisterde de toon.
'En dat was de waarheid?'
De tengere caféhouder lachte.
'Ik hang die vent toch niet alles aan zijn neus. Hij is niet van de politie. Trouwens, alleen aan jou vertel ik wel eens iets. Begrijp je, op basis van onze jarenlange vriendschap.'
De Cock glimlachte.
'Jij kent hem dus wel.'
Smalle Lowietje gebaarde afwerend.
'Vaag, heel vaag. Er kwam hier eens een keurig geklede heer binnen en die zei mij dat hij in mijn etablissement een afspraak had met zijn broer, ene Johnny van der Kamp.'
'Die kende je niet?'
Smalle Lowietje schudde zijn hoofd.
'Ik had die naam nog nooit gehoord.'
De tengere caféhouder grinnikte.
'Even later kwamen er twee zwervers binnen. Een van hen liep onmiddellijk op die keurig geklede heer af en begroette hem uitbundig.'
De Cock knikte begrijpend.
'En daaruit maakte jij op dat die ene zwerver Johnny van der Kamp was.'
Smalle Lowietje lachte.
'Eén en één is twee... nietwaar? Het spul is later nog een paar maal bij mij op bezoek geweest. Ze zaten meestal aan een tafeltje bij het raam. Ik heb nooit geweten wat ze met elkaar bespraken.'
De Cock nam nog een slok van zijn cognac.
'Met "het spul" bedoel je die keurig geklede heer en die twee zwervers?'
Smalle Lowietje knikte.
'Die twee zwervers waren niet helemaal koosjer. Ze boden hier in mijn etablissement regelmatig gestolen spulletjes te koop

aan. Toen het mij te gortig werd en zij mijn clientèle opdringerig lastigvielen, heb ik hen verdere toegang verboden.'
'Wanneer was dat?'
'Ongeveer een week geleden.'
De Cock wees naar zijn glas.
'Schenk nog eens in.'
Smalle Lowietje gehoorzaamde met de welwillendheid, een kastelein eigen.
De Cock hief zijn opnieuw gevulde glas op.
'De maat van die Johnny van der Kamp, hoe heette die?'
'Pieter.'
'En verder?'
Smalle Lowietje trok zijn schouders op.
'Pieter... Pieter, meer weet ik niet. Ik kan je van hem wel een beschrijving geven, maar ik denk niet dat je daar veel aan hebt. Soms droeg hij een baard, dan weer niet. Soms droeg hij een bril, dan weer niet. Hij heeft zo'n alledaags gezicht van dertien in een dozijn.'
De Cock kauwde op zijn onderlip.
'Ik had toch graag eens met hem gesproken.'
Smalle Lowietje grinnikte.
'Dan zul je naar België moeten.'
De Cock keek hem niet-begrijpend aan.
'België?'
Smalle Lowietje knikte.
'Toen Adriaan van Bovenkerk naar Van der Kamp vroeg, zei hij: "Zijn maat is naar Antwerpen gevlucht."'

12

Vledder kwam met afhangende schouders de grote recherchekamer binnen. De jonge rechercheur sjokte naar zijn bureau en liet zich hoofdschuddend in zijn stoel zakken.
'Wat er ook gebeurt... al moorden ze vandaag de hele Amsterdamse binnenstad uit... ik maak het vanavond niet laat. Absoluut niet. Ik heb slaap. Ik verlang nu al naar mijn bed.'
Met in zijn ogen een blik vol onbegrip wees hij in de richting van De Cock.
'Hoe hou jij het vol. Je bent toch wel een paar jaartjes ouder dan ik. Doe je aan fitnesstraining? Gebruik je peppillen?'
De oude rechercheur lachte.
'Ik gebruik niets en mijn enige training is een wandelingetje met mijn hond.'
'Toch heb je een wonderbaarlijke conditie.'
De Cock grijnsde breed.
'Dank je.'
Hij veranderde van onderwerp.
'Hoe was de sectie?'
Vledder trok een treurig gezicht.
'Net zo'n ramp als de vorige keer bij de sectie op Harold de Vries.'
'Duurde het weer zo lang?'
Vledder knikte.
'Dokter Rusteloos bleef maar in de hersenmassa zoeken. Ik dacht dat hij nooit ophield.'
'Conclusie?'
'Dokter Rusteloos is ervan overtuigd dat Johnny van der Kamp op exact dezelfde wijze is vermoord als Harold de Vries, met hetzelfde slagwapen.'
'En?'
'Wat?'
'Heeft hij steensplintertjes gevonden?'

Vledder knikte opnieuw.

'Dokter Rusteloos heeft ze mij laten zien, op de top van zijn wijsvinger, steensplintertjes, kleine glinsterende schilfertjes, alsof ze van een of ander hard voorwerp zijn afgesprongen.'

De Cock staarde peinzend voor zich uit.

'Kon hij al iets zeggen over de splintertjes die hij eerder bij Harold de Vries had gevonden?'

Vledder schudde zijn hoofd.

'Ik heb er wel naar gevraagd. Volgens dokter Rusteloos zijn ze er op het laboratorium in Rijkswijk nog druk mee bezig. Hij had nog geen uitslag.'

De Cock keek hem glimlachend aan.

'Stonk het lijk van Johnny van der Kamp nog zo?'

Vledder trok zijn neus op.

'Het was aanvankelijk niet te harden. Toen de broeders hem van zijn vervuilde kleding hadden ontdaan, bleek dat zijn broek vol zat. Dokter Rusteloos was van mening dat de man in zijn doodsstrijd zijn ontlasting en urine had laten lopen. Dat schijnt meer voor te komen.'

'Dat betekent,' sprak De Cock langzaam, 'dat hij voor die doodsstrijd misschien niet stonk.'

Vledder keek hem peilend aan.

'Ik weet waar jij op doelt,' sprak hij lachend. 'Jij hebt, net als ik, een moment gedacht dat Johnny van der Kamp mogelijk de man was die Jules de Graaf na de moord op Harold de Vries, in het hartstikke donker op het Stenen Hoofd had waargenomen.'

De Cock knikte traag.

'Het heeft even door mijn gedachten geflitst. Dat was volgens Jules de Graaf een stinkende zwerver. Maar ik heb het idee direct losgelaten toen ik besefte dat Harold de Vries en Johnny van der Kamp met vermoedelijk hetzelfde wapen en, gezien de modus operandi, door dezelfde dader waren vermoord.'

Vledder spreidde zijn handen.

'Wie is dan die stinkende zwerver geweest?'

De Cock glimlachte.

'Een goede vraag, waarop ik je het antwoord schuldig moet blijven. De zwerver die Adriaan van Bovenkerk van de plaats

delict zag komen, stonk blijkbaar niet. Althans, Van Bovenkerk heeft geen stank waargenomen. Maar, zo zei hij, zijn reukvermogen was niet zo sterk. Die zwerver kan dus best hebben gestonken.'
Vledder staarde peinzend voor zich uit.
'We moeten Jules de Graaf eens vragen of hij op de Westerdoksdijk kort na zijn ontmoeting met die stinkende zwerver een wagen heeft horen wegrijden.'
De Cock keek hem bewonderend aan.
'Knap van je... een goed idee. We moeten maar eens gaan kijken bij centra waar thuis- en daklozen regelmatig samenkomen.'
'Ken jij zo'n centrum?'
De Cock knikte.
'Het Goodwill-centrum van het Leger des Heils waar majoor Bosshardt vroeger de scepter zwaaide.' Hij glimlachte vertederd. 'Een milde scepter.'
Vledder stak zijn kin uitdagend vooruit. Hij fleurde duidelijk wat op.
'Misschien treffen we daar ook Adriaan van Bovenkerk. Ik heb iets tegen die man. Ik zou hem graag nog een paar vragen willen stellen.'
'Heb je hem al nagetrokken?'
Vledder schudde zijn hoofd.
'Daar ben ik nog niet aan toe gekomen. Ik heb ook nog geen informatie over onze Johnny van der Kamp. Maar ik ga straks aan de slag.'
'Heeft Bram van Wielingen tijdens de sectie nog foto's van het schoongemaakte gezicht van Johnny van der Kamp genomen?'
Vledder knikte.
'Hij komt ze vandaag nog brengen. Je moet de groeten hebben van je vriend Ben Kreuger. Bram van Wielingen had hem meegenomen. Voor alle zekerheid heeft hij vingerafdrukken van Johnny van der Kamp genomen. Volgens de dactyloscoop willen zwervers wel eens van identiteit veranderen.'
De jonge rechercheur keek op.
'Hoe ben jij vanmiddag gevaren?'
De Cock glimlachte.

'Ik heb al twee cognackies achter mijn kiezen. Ik was op bezoek bij Smalle Lowietje.'
'En?'
'Het verhaal van Antoon Baardwijk klopt. Hij had in het cafeetje een paar maal een samenkomst met twee zwervers. Een van hen was Johnny van der Kamp. Van de ander weet Smalle Lowietje alleen dat hij Pieter heet. Lowietje heeft die twee een week geleden de toegang ontzegd, omdat ze in zijn etablissement gestolen spulletjes probeerden te verkopen.'
'Weet hij waar wij die Pieter kunnen vinden?'
De Cock glimlachte.
'In België.'
'Hoe komt hij daarbij?'
De Cock ademde diep.
'Het opmerkelijke is dat Adriaan van Bovenkerk vanmorgen al bij Smalle Lowietje is geweest om te vragen of hij Johnny van der Kamp kende.'
Vledder keek hem verwonderd aan.
'Waarom wilde hij dat weten?'
De Cock trok zijn schouders op.
'Geen idee. Smalle Lowietje heeft het ontkend. Hij heeft gezegd dat hij nooit van een Johnny van der Kamp had gehoord. Adriaan van Bovenkerk reageerde toen: "Zijn maat is naar Antwerpen gevlucht."'
'Gevlucht?'
De Cock knikte.
'Dat zei Adriaan van Bovenkerk, gevlucht.'
Vledder reageerde verrast.
'Voor wie... voor wat?'
De Cock krabde zich achter in zijn nek.
'Het kan een reactie zijn op het bericht dat zijn maat Johnny van der Kamp was vermoord. Misschien was hij wel bang dat hem hetzelfde zou overkomen.'
Vledder gebaarde heftig.
'Het kan ook zijn dat hij is gevlucht omdat hij, de mysterieuze Pieter, verantwoordelijk is voor beide moorden en dat de grond hier in Amsterdam hem te heet onder de voeten is geworden.'

De Cock ging niet in op de suggestie.
'Pieter,' verzuchtte hij, 'volgens Smalle Lowietje een man met een gezicht van dertien in een dozijn. Hoe vind je zo'n man in Antwerpen?'
De oude rechercheur stond op.
'We moeten maar eens op pad gaan. Het lijkt mij het beste dat wij...'
De grijze speurder stokte.
De deur van de grote recherchekamer ging open en Maurice de Bouchardon stapte binnen. Hij droeg dezelfde ouderwetse groene trenchcoat met rug- en schouderflappen als tijdens zijn eerste bezoek. Ook nu drupte het regenwater van de zoom van zijn coat.
Bij De Cock bleef hij staan.
'Ik heb gehoord dat er weer een dode zwerver is gevonden.'
'Van wie?'
'Wat bedoelt u?'
'Van wie hebt u gehoord dat er weer een dode zwerver is gevonden?'
Maurice de Bouchardon weifelde even.
'Van... eh, van Adriaan van Bovenkerk. Hij belde mij zojuist op.'
De Cock keek hem verwonderd aan.
'Adriaan van Bovenkerk?'
'Ja.'
'Waarom belde hij u?'
Maurice de Bouchardon maakte een omstandig gebaar.
'Waarom... waarom,' herhaalde hij hakkelend, 'om mij te vertellen dat er op het Stenen Hoofd weer een dode zwerver is gevonden. Hij vond het blijkbaar belangrijk genoeg om mij dat te vertellen.'
De oude rechercheur gebaarde naar de stoel naast zijn bureau.
'Neem plaats.'
Het klonk als een bevel.
Maurice de Bouchardon ging zitten.
'En het is ook belangrijk,' ging hij verder, 'voor ons, voor de familie De Bouchardon. Ik begrijp best dat u na de dood van

Harold de Vries aan ons hebt gedacht... dat de verdenking op ons rustte. In dit verband zie ik ook uw late bezoek gisteravond aan mijn vriendin Laetitia in de Dollebegijnensteeg. Het feit dat u ons verdacht, was duidelijk merkbaar.'

De Cock plukte aan zijn onderlip.

'En nu er een tweede dode zwerver is gevonden, valt die verdenking weg?'

Maurice de Bouchardon knikte nadrukkelijk.

'Voor de moord op Harold de Vries hadden wij een motief. Hij viel voortdurend mijn zuster Madeleine lastig. Welk motief zouden wij hebben voor de moord op die tweede zwerver?'

De Cock trok achteloos zijn schouders op.

'Een motief dat wij nog niet kennen.'

Maurice de Bouchardon schudde zijn hoofd.

'Rechercheur De Cock,' sprak hij gedragen, 'u staat bekend als een schrander speurder. Geef daar blijk van en ontmasker de moordenaar van die twee zwervers en bedenk daarbij dat de moordenaar geen lid is van de familie De Bouchardon.'

De grijze speurder glimlachte.

'U kunt mij toch geen garanties geven. U hebt zelf al eens uw eigen vader beschuldigd.'

'Dat was een paniekreactie.'

'U meende wel degelijk wat u zei.'

Het gezicht van Maurice de Bouchardon kleurde rood.

'Ik herhaal: het was een paniekreactie. Ik was overrompeld door de dood van Harold.'

De Cock wuifde het onderwerp weg.

'Hoe goed kent u Adriaan van Bovenkerk?'

'Ik ken hem niet goed.'

De Cock grijnsde.

'Toch zo goed dat u hem gisteravond in het café van Smalle Lowietje aan de Achterburgwal een pilsje aanbood. Is het uw gewoonte om thuis- en daklozen een pilsje aan te bieden?'

Maurice de Bouchardon trok zijn gezicht strak.

'Adriaan van Bovenkerk is niet dakloos en hij heeft wel degelijk een tehuis.'

'Waar?'

'In Antwerpen.'
De Cock reageerde verrast.
'In Antwerpen?'
'Ja.'
'Wat doet hij dan hier... in lompen gehuld?'
Maurice de Bouchardon glimlachte.
'Zijn kleding is camouflage. De heer Van Bovenkerk is geen zwerver.'
De Cock wond zich op.
'Wat is hij dan wel?'
Maurice de Bouchardon schudde zijn hoofd.
'Ik heb niet de vrijheid,' sprak hij minzaam, 'om u dat te vertellen.'

Vledder gebaarde naar de notities op zijn bureau.
'Adriaan van Bovenkerk woont dus in Antwerpen en opereert hier met de allure van een zwerver. Waarom?'
De Cock schudde zijn hoofd.
'Ik kan geen zinnig antwoord bedenken. Ik begrijp ook niet waarom Maurice de Bouchardon ons niet wil vertellen wat Adriaan van Bovenkerk hier uitspookt. Waarom die camouflage?'
Vledder grinnikte.
'Waarom vlucht onze mysterieuze Pieter uitgerekend naar Antwerpen?'
De Cock maakte een berustend gebaar.
'Volgens Antoon Baardwijk was hij een Belg en kwam uit Antwerpen.'
'Zullen wij zijn opsporing verzoeken?'
'Op basis waarvan?'
'Moord.'
De Cock schudde zijn hoofd.
'Ik geloof niet dat hij verantwoordelijk is voor de beide moorden. Johnny van der Kamp was zijn lijftrawant. Die twee deden alles samen. Ik zie geen enkel motief voor die Pieter.'
'Misschien kregen ze ruzie.'
De Cock schudde opnieuw zijn hoofd.

'Je moet die Pieter als dader uitsluiten. Besef, dat hij ook een motief moet hebben voor de moord op Harold de Vries. Bovendien neem ik niet aan dat hij een auto bezit.'
Vledder snoof.
'Het verhaal van die wegrijdende auto op de Westerdoksdijk is van Adriaan van Bovenkerk... van niemand anders.'
De Cock knikte.
'Dat realiseer ik mij. Daarom gaan wij ook op zoek naar die Jules de Graaf. Als ook hij na de moord op Harold de Vries een auto heeft horen wegrijden, dan hebben we enige zekerheid.'
Vledder gromde.
'Misschien zet die Adriaan van Bovenkerk ons wel op het verkeerde spoor. Ik vertrouw die vent niet. Hij heeft ook beloofd de zwerver die hij zag te vinden, compleet met zijn grote donkere wagen.'
De jonge rechercheur grinnikte vreugdeloos.
'Heb jij wat gezien?'
De Cock maakte een afwerend gebaar.
'Je moet hem ook de tijd gunnen. Het is nog geen vierentwintig uur geleden dat hij ons die toezegging deed.'
De telefoon op het bureau van De Cock rinkelde. Vledder boog zich ver voorover en pakte de hoorn op. Al na enkele seconden legde hij de hoorn op het toestel terug.
De Cock monsterde het gezicht van zijn jonge collega.
'Wie was dat?'
'De wachtcommandant beneden. Bram van Wielingen heeft zojuist de foto's gebracht en Smalle Lowietje is op weg naar boven.'
De Cock fronste zijn wenkbrauwen.
'Smalle Lowietje?'
Op dat moment ging de deur van de grote recherchekamer open. De tengere caféhouder, gehuld in een regenjas die tot aan zijn enkels reikte, stapte op De Cock toe. Op zijn vriendelijke muizensmoeltje lag een ernstige trek.
'Ik heb niet veel tijd. Ik heb even een vervanger achter de tap gezet.'
De Cock gebaarde naar de stoel naast zijn bureau.

'Ga toch even zitten,' sprak hij vriendelijk. 'Het moet belangrijk zijn als jij op dit uur jouw etablissement verlaat.'
Smalle Lowietje nam wat onwillig plaats.
'Die vent was er weer.'
'Welke vent?'
Smalle Lowietje duimde over zijn schouder.
'Adriaan van Bovenkerk. Hij zei dat hij over informaties beschikte dat ik Johnny van der Kamp wel degelijk had gekend. Johnny van der Kamp was, zo zei hij zeker te weten, met zijn maat een paar maal in mijn etablissement geweest.'
'Verder?'
Smalle Lowietje schudde zijn hoofd.
'Verder niets. Ik wil niets met die vent te maken hebben. Hij is mij te opdringerig.'
De Cock kneep zijn wenkbrauwen samen.
'Van wie heb jij het verhaal dat die man vroeger een groot advocatenkantoor heeft geleid?'
'Van een penozejongen. Volgens hem was Adriaan van Bovenkerk een meester in de rechten en werkte op een groot kantoor.'
De Cock glimlachte.
'Toen heb jij hem maar een leider van een groot advocatenkantoor gemaakt.'
Smalle Lowietje trok een verongelijkt gezicht.
'Logisch toch.'
De Cock schoof zijn onderlip vooruit.
'Jij hebt die Van Bovenkerk niet gezegd dat je Johnny van der Kamp wel degelijk heb gekend?'
Smalle Lowietje schudde zijn hoofd.
'Jouw informaties deugen niet, heb ik hem gezegd. Na een enkel pilsje ging hij weg. Kwaad.'
De tengere caféhouder grinnikte.
'Het gedoe van die vent maakte mij wel nieuwsgierig. Hij onderzoekt iets, dacht ik. Ik ben op mijn manier toen zelf eens aan het snuffelen gegaan.'
'En?'
'Ik heb iets voor je gevonden.'

'Wat?'
Smalle Lowietje plukte uit de binnenzak van zijn wijde regenjas een notitie en gaf die aan De Cock.
'Hier heb je de naam van die Pieter en het adres in Antwerpen waar zijn oude moeder woont.'
De Cock las.
'Pieter de Goede.'
Smalle Lowietje knikte.
'Als je hem nodig hebt, dan kun je hem in Antwerpen zo laten oppakken.'
De Cock schudde zijn hoofd.
'Ik laat hem niet oppakken. Ik denk dat ik hem ergens anders voor nodig heb.'
Smalle Lowietje stond van zijn stoel op.
'Moet jij weten wat je doet. Ik ga terug achter de tap. Vervangers hebben soms grijpgrage handjes.'
De tengere caféhouder weifelde even.
'Ik heb nog iets wat je zal interesseren. Johnny van der Kamp en zijn maat Pieter de Goede woonden tot voor kort nog in een kraakpand aan de Oostenburgergracht. En weet je wie daar ook woonde?'
'Nou?'
'Jouw eerste dode zwerver: Harold de Vries.'

Vledder keek De Cock bewonderend aan.
'Jouw Smalle Lowietje is voor ons zijn gewicht in goud waard.'
De oude rechercheur knikte instemmend.
'Gelukkig is hij niet zo zwaar,' grapte hij.
Vledder lachte.
'We kunnen toch altijd voor inlichtingen bij hem terecht. En hij heeft goede contacten.'
'Daarom... en om nog meer... is hij mijn vriend.'
'Gaan we naar Antwerpen?'
De Cock schudde zijn hoofd.
'Bel rechercheur Hans Rijpkema en vraag hem in welk kraakpand hij het lijk van François Vandenberge heeft gevonden.'
Vledder keek hem verwonderd aan.

'Wie is...'
Verder kwam hij niet. De wachtcommandant liep met een bedrukt gezicht de recherchekamer binnen. Hij stapte op De Cock toe.
'Ik wilde het niet door de telefoon doen.'
'Wat?'
Jan Kusters liet zijn hoofd iets zakken.
'Ik kom het je persoonlijk aanzeggen, De Cock,' sprak hij met een grafstem. 'Er ligt weer een dode zwerver op de kop van het Stenen Hoofd.'

13

De Cock had moeie voeten.
Ze waren er ineens, onaangekondigd. Het was als een donderslag bij heldere hemel. Hij leunde achterover en legde zijn voeten op een hoek van zijn bureau. Met een van pijn vertrokken gezicht bevoelde hij zijn kuiten. Het was alsof geniepige kleine duiveltjes uit pure boosaardigheid met duizend spelden in zijn kuiten prikten. Hij kende de pijn die uit de holten van zijn voeten kwam, langs zijn hielen omhoog trok en zich vastzette in zijn kuiten.
Hij wist ook wat die pijn betekende. Telkens als de zaken slecht verliepen, als zijn onderzoeken dreigden te verzanden en als hij het machteloze gevoel had volkomen in het duister te tasten, gaven de helse duiveltjes acte de présence.
Vledder keek hem bezorgd aan.
'Is het weer zover?'
De Cock knikte en sloot zijn ogen. Enkele minuten bleef hij zo zitten, bewegingloos en geconcentreerd. Zijn markante gezicht leek een stalen masker. Om de pijn te verdrijven zette hij zijn tanden in zijn onderlip.
'Het gaat wel weer over,' sprak hij mat. 'Het duurt nooit zo lang, zoals je weet.'
De oude rechercheur schudde zijn hoofd.
'Ik heb vannacht ook veel te kort geslapen. Hooguit een uur of vier.' Op het gezicht van de grijze speurder brak een glimlach door. 'Dat kun je het oude lijf van mij ook niet meer aandoen.'
Vledder rekte zich geeuwend uit.
'Dat heeft niets met een oud lijf te maken,' sprak hij kreunend. 'Ik heb vanmorgen sinds ik opstond ook het gevoel dat ik niet meer ben dan een lome zak met rammelende botten. En ik had mij gisteren toch zo voorgenomen om vroeg naar bed te gaan.'
De Cock lachte.
'Wij hebben geen beroep voor goede voornemens.'

De grijze speurder voelde nog eens aan zijn kuiten. De pijn trok langzaam weg.
Voorzichtig tilde hij zijn benen van zijn bureau en rolde zijn stoel naar voren.
'Heb jij Buitendam vanmorgen al gezien?'
'Nee.'
De Cock grinnikte.
'Als hij hoort dat er weer een zwerver is vermoord, ben ik bang dat hij ontploft. Bij de dood van Johnny van der Kamp had hij het al te kwaad met de pers. Ik moest – in godsnaam nog wel – proberen te voorkomen dat er een derde zwerver werd vermoord.'
Vledder bromde.
'De pers is zijn sores.'
Het gezicht van De Cock versomberde.
'Ik was vannacht toch wel even geroerd toen ik in het bleke gezicht van het slachtoffer de gelaatstrekken van Jules de Graaf herkende. Voor ons soort mensen, zei hij, zijn er verkeerde wetten. Ik geloof dat hij gelijk heeft gekregen.'
De oude rechercheur schudde zijn hoofd.
'Zijn beschermende zaklantaarntje heeft hem dit keer niet kunnen redden.'
Vledder zuchtte.
'Wij moeten daar waarachtig toch iets aan doen,' riep hij fel.
'We kunnen toch niet het hele Amsterdamse zwerversbestand laten uitroeien.'
De Cock gebaarde in zijn richting.
'Kom dan met briljante ideeën.'
'Die heb jij altijd.'
De Cock tikte tegen de zijkant van zijn hoofd.
'Het is hier nog duister.'
Vledder zuchtte omstandig.
'Snap jij er iets van? Wat is het verband tussen Harold de Vries, Johnny van der Kamp en Jules de Graaf... behalve dat ze alledrie thuis- en dakloos waren en een zwervend bestaan leidden?'
De Cock spreidde zijn handen.

'Misschien kenden zij alledrie een geheim, een geheim dat voor de moordenaar bedreigend was.'
'Wat voor een geheim?'
De Cock trok zijn schouders op.
'Dat weet ik niet. Ik had gehoopt dat na de eerste slachtoffers een van de zwervers naar ons toe zou komen om de moordenaar aan te wijzen.'
Vledder boog zich iets naar hem toe.
'Jij denkt dat zij alle drie hun moordenaar hebben gekend?'
'Dat vermoed ik. De moordenaar moet op een of andere manier een grote macht over hen hebben kunnen uitoefenen.'
'Macht?'
De Cock knikte.
'Het is toch te gek. Als makke schapen hebben ze zich laten afslachten. Na die eerste moord op Harold de Vries waren ze toch wakker geschud. De volgende slachtoffers hadden toch niet meer mogen vallen.'
'Misschien kenden ze hun moordenaar toch niet... of ze kenden hem wel, maar herkenden hem niet.'
De Cock keek zijn jonge collega peinzend aan.
'Dat,' sprak hij bewonderend, 'was een hele goede opmerking.'
Een tijdlang zwegen beiden. Het was Vledder, die het zwijgen verbrak. Hij schudde bedroefd zijn hoofd.
'Het ergste vind ik nog, dat wij Jules de Graaf niet meer kunnen vragen of hij op de Westerdoksdijk een wagen heeft horen wegrijden. Het zit mij nog steeds dwars dat wij in dit verband op de verklaring van Adriaan van Bovenkerk zijn aangewezen.'
De Cock reageerde niet. Hij stond van zijn stoel op en begon in zijn zo typische slenterpas door de grote recherchekamer te stappen. Hij deed dat graag. In de cadans van zijn tred lieten zijn gedachten zich gemakkelijker ordenen. De oude rechercheur begreep dat hij de moordenaar niet mocht toestaan om nog een vierde slachtoffer te maken. Het ellendige was, dat hij het motief van de dader niet kon doorgronden. Wat voor zin had het om drie toch weerloze zwervers met een hamer de hersens in te slaan.
Plotseling bleef hij midden in de kamer staan. Zijn mond viel

half open en zijn ogen staarden in het niets. Het was alsof hij door een heldere lichtflits was getroffen.
De woorden 'hamer' en 'steensplintertjes' rolden over elkaar. De verlamming duurde maar even. In enkele momenten had hij zich hersteld. Hij sjokte naar het bureau van Vledder.
'Ik vroeg je gisteravond,' begon hij traag, 'om rechercheur Rijpkema te bellen met de vraag in welk kraakpand aan de Oostenburgergracht hij het lijk van François Vandenberge had gevonden. Heb je dat inmiddels gedaan?'
Vledder schudde zijn hoofd.
'Nog niet. Het had vannacht geen zin om Rijpkema te bellen. Die lag op zijn bed.' Hij zweeg even. Nadenkend. 'Wie is François Vandenberge?'
De Cock keek hem verwijtend aan.
'Dat heb ik je een paar dagen geleden al verteld... een Belg, die een acute hartdood stierf. Opdenbroecke was hier om de zaak te onderzoeken.'
'Wat heeft die met onze zaak te maken?'
De Cock maakte een verontschuldigend gebaar.
'Dat weet ik nog niet precies.'
De oude rechercheur pauzeerde even.
'Na dat telefoontje,' ging hij verder, 'ga je naar Smalle Lowietje en vraag hem of hij uit de bron waaruit hij gisteren putte, ook kan achterhalen in welk kraakpand Jules de Graaf tot voor kort heeft gewoond.'
De grijze speurder grinnikte.
'Ik denk dat ik het antwoord al ken.'
Vledder glimlachte.
'Waar dan?'
'In hetzelfde kraakpand waar Harold de Vries, Johnny van der Kamp en Pieter de Goede tot voor kort woonden.'
De Cock wees naar het notitieblok dat Vledder voor zich op zijn bureau had liggen.
'Schrijf het allemaal even op.'
Vledder keek hem vragend aan.
'Heb je nog meer noten op je zang?'
De Cock knikte.

'Luister. Als je Smalle Lowietje aan het werk hebt gezet, ga je terug naar de Warmoesstraat en belt naar de heer H.J.M. Opdenbroecke, hoofdcommissaris van de Gerechtelijke Politie in Antwerpen. Je vraagt hem of hij informatie heeft over Adriaan van Bovenkerk... welke werkzaamheden hij verricht wanneer hij niet in het camouflagekleed van een zwerver rondloopt.'
'Zou hij het weten?'
'Hij kan het voor ons laten onderzoeken. Opdenbroecke is dichter bij de bron dan wij.'
'Wat nog meer?'
'Je geeft Opdenbroecke het adres van de moeder van Pieter de Goede en verzoekt hem om Pieter de Goede met een begeleidend transport naar ons in Amsterdam over te laten brengen.'
Vledder reageerde verrast.
'Laat je hem arresteren?'
De Cock schudde zijn hoofd.
'Maak het Opdenbroecke goed duidelijk dat Pieter de Goede voor mij geen verdachte is. Ik wil hem alleen bij mij in de buurt.'
'Waarom?'
'Ik wil zijn medewerking kopen.'
Vledder keek hem niet-begrijpend aan.
'Kopen?'
De Cock knikte.
'In ruil voor de belofte dat ik juridisch niets tegen hem zal ondernemen.'
Vledder reageerde verrast.
'Kun je dat dan? Juridisch iets tegen Pieter de Goede ondernemen?'
'Dat vermoed ik.'
Vledder liet zijn blik over zijn aantekeningen glijden. Hij keek naar De Cock op.
'Waarom doe je dit zelf niet?'
'Ik laat het in alle gemoedsrust aan jou over.'
'Wat ga jij dan doen?'
De Cock tastte in zijn broekzak en diepte daaruit een koperen houdertje met een weelde aan valse sleutelbaarden. Het was een

apparaatje dat hij eens, langgeleden, van zijn vriend en ex-inbreker Handige Henkie had gekregen.
De oude rechercheur liet het Vledder zien.
'Ik weet,' formuleerde hij voorzichtig, 'dat je het niet prettig vindt als ik dit in jouw bijzijn gebruik. Daarom ga ik alleen op pad en neem de nodige risico's zonder jou erbij te betrekken.'
Vledder bromde.
'Je hebt het al zo vaak in mijn bijzijn gebruikt.'
De Cock knikte. Zijn gezicht stond ernstig.
'Daar heb ik een beetje spijt van. Door mij heb jij onnodig risico's genomen. Dat was niet fair. Wanneer wij waren betrapt, had dat ook jouw ontslag bij de politie betekend.'
Over het gezicht van Vledder gleed een glimlach.
'Jij ziet nog wel toekomst voor mij bij de Amsterdamse politie.'
'Absoluut.'
Vledder lachte.
'Waar ga je heen met je apparaatje?'
De Cock ademde diep.
'Terug naar het stenen tijdperk.'

Rechercheur De Cock zat naast Vledder in de donkere laadruimte van een oude gammele bestelbus met op de buitenkant als opschrift de naam van een niet-bestaand aannemersbedrijf. Hij had de bestelauto tijdelijk van het hoofdbureau van politie te leen.
Het onooglijke busje werd door de rechercheurs van kamer 119 zo nu en dan als geheime observatiepost gebruikt.
Vanuit twee kijkgaten hadden ze een goed overzicht op de ingang van het Stenen Hoofd. Op het IJ, niet ver van het Stenen Hoofd, lag met gedoofde lichten een patrouilleboot van de Rijkspolitie te Water. Aan boord was een felle schijnwerper, die op het juiste moment de kop van het Stenen Hoofd kon belichten.
Aan het einde van de steiger had de technische dienst op aanwijzing van de oude rechercheur een vlonder gebouwd. Vanaf de kop van het Stenen Hoofd was de vlonder niet te zien.

De Cock had weer eens een beroep gedaan op zijn collega's Appie Keizer en Fred Prins. Zoals steeds hadden zij blijmoedig hun medewerking toegezegd. Appie Keizer acteerde als een in lompen gehulde oude zwerver.
Hoewel Appie Keizer hem bezwoer dat het niet nodig was, had De Cock er op gestaan dat hij een boerenpetje droeg, waarin een stuk staalplaat was genaaid. Een zelfde soort petje droeg Pieter de Goede. Hoofdcommissaris Opdenbroecke van de Gerechtelijke Politie in Antwerpen had hem onder begeleiding van twee gendarmes naar Amsterdam laten brengen.
De Cock had niet veel argumenten nodig gehad om Pieter de Goede tot volgzame medewerking te bewegen. In zijn gebruikelijke zwerverskledij zat hij op de kop van het Stenen Hoofd bij het warme rooster, waar de drie anderen de dood hadden gevonden.
De sterke en zwaargebouwde Fred Prins had zijn plaats op de houten vlonder ingenomen. In de middag hadden ze gerepeteerd hoeveel seconden hij nodig had om vanaf de primitieve vlonder op de steiger te klimmen. De Cock meende dat de tijd kort genoeg was om de moordenaar te overmeesteren voor hij opnieuw kon toeslaan.
Toch was De Cock er niet geheel gerust op dat zijn plan zou slagen. Er kon nog van alles misgaan. De gehele opzet berustte op de theorie dat de moordenaar zijn kans niet voorbij zou willen laten gaan om zijn laatste obstakel naar veel gewin uit de weg te ruimen. Dat obstakel was Pieter de Goede.
De Cock had Pieter de Goede een uitgekiende tekst voorgelegd. Toen Pieter de Goede die zonder haperen kon uitspreken, had De Cock hem de moordenaar laten bellen voor een afspraak op de kop van het Stenen Hoofd bij het warme rooster.
De oude rechercheur blikte op de verlichte wijzerplaat van zijn polshorloge. Het tijdstip van de afspraak naderde.
De mobilofoon in de binnenzak van zijn regenjas kraakte.
De stem van Appie Keizer kwam door.
'Een grote zwarte wagen rijdt aan mij voorbij.'
De Cock pakte zijn mobilofoon uit zijn regenjas.
'In welke richting.'

'In de richting van het Barentszplein.'
'Dat is de verkeerde richting. Als het goed is komt hij vanuit de richting Barentszplein en rijdt in de richting van het Centraal Station.'
Het was even stil.
'Hij komt terug. Hij is blijkbaar ergens bij het Barentszplein gekeerd.'
'Kun je zijn gezicht zien?'
'Nee.'
De Cock voelde hoe de spanning bezit van hem nam. Zijn hart bonkte in een hoog tempo en een ader pulseerde in zijn hals.
De stem van Appie Keizer kwam opnieuw door.
'De wagen stopt op de Westerdoksdijk ongeveer tegenover de ingang van het Stenen Hoofd.'
'Ver van jou vandaan?'
'Nee, niet ver. Ik kan het goed volgen. Hij stapt nu uit. Verrek.'
'Wat?'
'Het is een zwerver.'
In de stem van Appie Keizer trilde verbazing.
De Cock stootte Vledder aan.
'Adriaan van Bovenkerk had gelijk. De zwerver kwam met een wagen.'
De jonge rechercheur bromde een verwensing.
'Wie gelooft dat nou.'
De Cock nam de mobilofoon weer ter hand.
'Fred, meld je.'
'Ja.'
'Hij is onderweg. Wij hebben hem niet meer in het zicht. Hij loopt achter de loodsen. Kan jij hem zien?'
'Nog niet.'
'Hou je gereed.'
'Oké. Ik sluit voor hij mij hoort.'
Plotseling was de stem van Fred Prins terug.
'Grijp hem.'
'Wat is er gebeurd?'
'Het licht van de patrouilleboot kwam te vroeg. Hij vlucht het Stenen Hoofd af.'

Vledder sprong uit bus. De Cock volgde.
Een man rende vanaf het Stenen Hoofd naar de donkere wagen. Hij liep Appie Keizer, die zijn weg versperde, tegen de vlakte. Vledder rende achter hem aan. In een *flying tackle* greep de jonge rechercheur de vluchtende man bij zijn benen. Ze duikelden samen over het asfalt. Fred Prins galoppeerde naderbij.
Vledder hield de man in een houdgreep. Daarna draaide hij het gezicht van de zwerver naar zich toe.
Met een blik vol verbazing keek hij omhoog naar de hijgende De Cock.
'Het is Jeroen van Moerdijk.'
Vledder trok zijn neus iets op.
'En hij stinkt.'
De oude rechercheur knikte.
'De stank die Jules de Graaf in het donker rook.'
De Cock knielde bij de verdachte neer. Hij boog zich voorover en tastte in de binnenzak van de vervuilde regenjas van de als zwerver verklede man. In zijn hand hield hij een iets gebogen stok waaraan met lederen riempjes een gekartelde stenen bijl was bevestigd.
De Cock gromde.
'Een strijdhamer... uit het stenen tijdperk.'
De oude rechercheur hijgde nog wat na.
'In de eenentwintigste eeuw opnieuw in gebruik bij het Stenen Hoofd.'

14

De ding-dong in de gang galmde nog een beetje na. De Cock, op zijn sloffen, deed de deur van zijn woning open. Voor hem op de stoep stond Vledder. De jonge rechercheur lachte wat verlegen. In zijn linkerhand bungelde een fraai boeket herfstbloemen. Om zijn lippen danste een grijns.
Hij hield het boeket omhoog.
'Voor jouw vrouw,' legde hij uit. 'Hoe langer ik jou ken, hoe meer ik haar ga bewonderen.'
De Cock keek hem misprijzend aan.
'Die kreet van jou ken ik,' sprak hij bestraffend. 'Afgezaagd. Niet meer te gebruiken. Ik zou die tekst in de toekomst eens drastisch veranderen.'
De grijze speurder bekeek het boeket.
'Geen rode rozen?'
Vledder schudde zijn hoofd.
'Ik doe geen eigen keuzes meer in dit soort zaken. Ik laat mij nu door Edmay adviseren. Ze is mee geweest om dit boeket voor jouw vrouw uit te zoeken. Edmay heeft gevoel voor kleuren. Ze weet precies wat bij het jaargetijde past.'
'Herfstkleuren.'
'Precies.'
De Cock keek zijn jonge collega onderzoekend aan.
'Nog last van je rechterknie na die prachtige *flying tackle* van je?'
Vledder glimlachte.
'Een paar schaafwondjes en blauwe plekken aan mijn dijen. Meer niet.'
'Ik wist niet dat je zo'n tackle in huis had. De Engelse bobby's worden erop getraind.'
Vledder gebaarde afwerend.
'Ik heb zo'n tackle toch al eens meer gedemonstreerd. Het was van mij dit keer een impulsieve daad. Ik was bang dat die vent

zijn auto zou bereiken en ons toch nog zou ontvluchten.'
De jonge rechercheur liep verder de gang in.
'Zijn de anderen er al?'
De Cock knikte.
'Appie Keizer en Fred Prins zitten bij mijn vrouw en hebben, zoals gebruikelijk, het hoogste woord. Ze presenteren haar de meest fantastische verhalen over hun belevenissen.'
Ze stapten de woonkamer in.
Mevrouw De Cock kwam onmiddellijk overeind en schudde Vledder de hand. Met een kreet van verrukking nam ze het boeket in ontvangst.
'Prachtig, Dick. Prachtig... zulke warme kleuren. Heb je die zelf uitgezocht?'
De Cock grijnsde.
'Daar heeft hij nu Edmay voor.'
Mevrouw De Cock wuifde uitnodigend naar een diepe fauteuil.
'Ga zitten,' riep ze vrolijk. 'Mijn man vroeg zich al af waar je bleef.'
Vledder maakte een verontschuldigend gebaar.
'Commissaris Buitendam hield mij op.'
De Cock keek hem verwonderd aan.
'Wat moest hij?'
Vledder glimlachte.
'Buitendam feliciteerde mij met onze, zoals hij dat noemde, glorieuze operatie. Hij was verrukt en glom als er weer een persmuskiet belde. Het ergste was, dat ik hem niet kon vertellen waarom die arme zwervers waren vermoord.'
Hij keek naar De Cock op.
'Dat weet ik nog steeds niet.'
Fred Prins vroeg om aandacht.
'Ik zou waarachtig ook wel eens willen weten waarom ik in de gutsende regen lange tijd op dat gammele vlondertje heb moeten staan.'
De Cock keek hem aan.
'Wat ging er nu mis met dat licht?'
Fred Prins zwaaide.

'Ik zou met mijn zaklantaarn het sein geven dat ze op die patrouilleboot hun schijnwerper zouden ontsteken. Dat sein heb ik niet gegeven. Ik had de moordenaar nog niet in zicht.'
'Toch ging bij hen het licht aan.'
Fred Prins knikte.
'Ik heb later nog contact gehad met de Opper van de Rijkspolitie te Water. Zij volgden op hun boot ook het verkeer op onze mobilofoons. Uit die gesprekken concludeerden zij dat de moordenaar de kop van het Stenen Hoofd al had bereikt.'
De Cock krabde zich achter in zijn nek.
'We zullen bij een volgende keer toch betere afspraken moeten maken. Het was ook een foutje dat wij de wagen van Jeroen van Moerdijk niet onder controle hadden, nadat hij die had verlaten.'
Appie Keizer zwaaide.
'Laten we daar niet verder over zeuren. Uiteindelijk is alles toch goed gegaan.'
Hij gebaarde naar De Cock.
'Jij hebt die Jeroen van Moerdijk al verhoord?'
'Ja.'
'Hij heeft bekend?'
De Cock knikte.
'Volledig.'
'Jij kent nu dus het hele verhaal?'
'Inderdaad.'
Appie Keizer grijnsde.
'Steek dan van wal. Ik ben nieuwsgierig.'
De Cock lachte. Hij vatte de fles cognac Napoleon, die hij speciaal voor dergelijke gelegenheden in voorraad hield en vulde ruim de bodem van diepbolle, voorverwarmde glazen. Hij reikte die zijn vrienden aan. Daarna hield hij zijn glas omhoog.
'Op mijn geestelijk onvermogen.'
Fred Prins keek hem niet-begrijpend aan.
'Geestelijk onvermogen,' herhaalde hij. 'Jij staat bekend als de beste speurder die ons land rijk is. Dan kun je toch niet van "mijn geestelijk onvermogen" spreken?'

De Cock zuchtte.
'Toch heeft het volgens mij veel te lang geduurd voor ik de verbanden ontdekte... voor ik begreep waarom iemand weerloze zwervers vermoordt. Als ik scherper van geest was geweest, had ik wellicht een of meerdere moorden kunnen voorkomen.'
Appie Keizer tikte met zijn knokkels op het blad van zijn bijzettafeltje.
'Vooruit... waarom vermoordde Jeroen van Moerdijk weerloze zwervers?'
De Cock nam een slok van zijn cognac.
'Ongeveer een week geleden,' begon hij voorzichtig, 'stierf in een kraakpand aan de Oostenburgergracht François Vandenberge, een steenrijke Belgische diamantair, die uit een... eh, een existentiële onvrede zijn huis en haard en zijn florerende bedrijf in Antwerpen verliet om hier in Amsterdam een zwervend bestaan te leiden.'
Appie Keizer keek hem aan.
'Hij werd vermoord?'
De Cock schudde zijn hoofd.
'Geen moord. Absoluut geen moord. Het was een natuurlijke dood. Vrijwel zeker een hartverlamming. Rechercheur Hans Rijpkema, die de zaak nauwkeurig onderzocht, kon geen sporen van misdrijf ontdekken. Die waren er ook niet.'
'Waarom is de dood van die François Vandenberge zo belangrijk?'
De Cock antwoordde niet direct. Hij keek Appie Keizer even verwijtend aan.
'Laat mij nou uit vertellen,' vermaande hij. 'De heer Opdenbroecke, hoofdcommissaris van de Gerechtelijke Politie in Antwerpen, die ik nog van een onderzoek in Antwerpen ken, bezocht mij aan de Warmoesstraat en vertelde dat na het vertrek van François Vandenberge er uit Antwerpen een partij uiterst kostbare diamanten was verdwenen. De mogelijkheid bestond dat Vandenberge die had meegenomen, maar daarover bestond geen zekerheid. Na zijn dood werd de partij diamanten niet op hem be-von-den, zoals dat in ons vakjargon heet.'
Fred Prins grinnikte.

'Ik begin er iets van te snappen. Die François Vandenberge stierf in een kraakpand, waar ook die andere zwervers woonden.'
De Cock knikte.
'Heel goed,' sprak hij bewonderend, 'heel goed. Een van hen, Pieter de Goede vertelde mij dat het Johnny van der Kamp was, ontdekte de dode Vandenberge en snuffelde zijn kleding na op zoek naar geld.'
De ogen van Vledder glinsterden.
'Hij vond diamanten.'
De Cock knikte opnieuw.
'Het gebeurde in het bijzijn van Harold de Vries, Jules de Graaf en Pieter de Goede. Zij waren er dus getuige van dat Johnny van der Kamp op het naakte lijf van Vandenberge een linnen gordel met fonkelende diamanten vond.'
Fred Prins hijgde.
'Wat zullen ze zijn geschrokken.'
De Cock negeerde de opmerking.
'Ze lieten de verdere bezittingen van François Vandenberge onaangeroerd, waardoor geen enkele verdenking op hen viel. Rechercheur Rijpkema had dus geen zaak. François Vandenberge stierf een natuurlijke dood en er waren geen gedachten aan diefstal.
Vledder grinnikte.
'Begrijpelijk. Er was niets weg. Niemand wist of die Vandenberge die partij diamanten wel of niet in zijn bezit had gehad.'
Appie Keizer boog zich iets naar voren.
'Wat deden de zwervers met die prachtige partij diamanten?'
De Cock glimlachte.
'Eenieder claimde een deel. De vraag die onmiddellijk opdoemde, was: hoe maak je diamanten te gelde? Als zwerver met diamanten naar een juwelier stappen, is vragen om moeilijkheden.'
Vledder stak zijn wijsvinger omhoog.
'Ik weet het.'
'Wel?'
De jonge rechercheur zuchtte.

'Harold de Vries, de ex van Madeleine, en Jeroen van Moerdijk waren vrienden.'
'Precies. Harold de Vries vertelde aan de andere zwervers van die vriendschap en de relaties die Jeroen van Moerdijk had met de te goeder naam en faam bekendstaande familie De Bouchardon. En hij kreeg van de anderen toestemming om de partij diamanten aan Jeroen van Moerdijk aan te bieden om te verkopen, waarna ieder zijn deel van de opbrengst zou krijgen.'
Fred Prins knikte begrijpend.
'Jeroen van Moerdijk zag andere mogelijkheden.'
De Cock nam nog een slok van zijn cognac.
'Hij besloot de gehele partij in eigen bezit te houden. Toen Harold de Vries op een betaling aandrong, maakte Jeroen van Moerdijk met hem een afspraak op de kop van het Stenen Hoofd. Van Moerdijk, die altijd keurig gekleed ging in strakke driedelige kostuums, verscheen in de gedaante van een zwerver. Het is vrijwel zeker dat Harold de Vries door die gedaanteverandering was verrast. Vermoedelijk heeft hij zijn oude vriend niet eens herkend. Met een strijdhamer sloeg Jeroen van Moerdijk hem een gat in zijn hersenpan.'
Vledder keek De Cock peilend aan.
'Ben jij gisteren met het apparaatje van Handige Henkie de woning van Jeroen van Moerdijk binnengedrongen?'
De oude rechercheur knikte.
'Ik lokte hem door een telefoontje van brigadier Jan Rozenbrand over een vermeende verkeersovertreding uit zijn huis. Jan hield hem hier aan het bureau een tijdje aan de praat. Ik liep daardoor weinig risico's om in zijn huis betrapt te worden.'
'Waar zocht je naar?'
'Die strijdhamer.'
Vledder keek hem niet-begrijpend aan.
'Waarom dacht je die bij hem te vinden?'
De Cock ademde diep.
'Ik was net zo verrast door de steensplintertjes in de hersenmassa van de slachtoffers als dokter Rusteloos. Een moderne hamer of een bijl laat geen steensplintertjes achter.'
Vledder knikte.

'Dat begrijp ik, maar waarom Jeroen van Moerdijk.'
De Cock glimlachte.
'Jeroen van Moerdijk had prehistorie gestudeerd met een voorliefde voor het Moustérien.'
'Wat is het Moustérien?'
De Cock gebaarde als een leraar.
'Met het Moustérien,' sprak hij op een doceertoontje, 'wordt de laatste periode van het stenen tijdperk aangeduid. De naam komt van Le Moustier, een grot nabij Les Eyzies in Frankrijk... een vindplaats van stenen werktuigen.
De strijdhamers zijn vaak als grafgiften gevonden. Ze lijken een beetje op de stenen tomahawk van de Indianen. Tomahawk komt van het Indiaanse "otomahuk", wat neerslaan betekent.'
Vledder fronste zijn wenkbrauwen.
'Heb jij die strijdhamer bij Jeroen van Moerdijk gevonden?'
De Cock schudde zijn hoofd.
'Ik vond in zijn boekenkast wel enige geschriften waarin de technieken worden beschreven die bij het vervaardigen van zo'n strijdhamer in het verleden werden toegepast. De strijdhamer die ik gisteravond in de zak van zijn regenjas vond, heeft hij zelf gemaakt.'
De oude rechercheur pauzeerde even.
'Als ik,' ging hij verder, 'in zijn woning die strijdhamer wel had gevonden, dan had ik vermoedelijk die hele operatie met Pieter de Goede aan het Stenen Hoofd niet opgevoerd, maar Jeroen van Moerdijk eenvoudig als verdacht van een drievoudige moord gearresteerd.
Maar gezien de ervaringen van de laatste jaren met de Nederlandse rechtspleging, koos ik voor een waterdicht bewijs.'
Fred Prins lachte.
'Dat heb je nu.'
Appie Keizer vroeg om aandacht.
'Werden de anderen op dezelfde manier vermoord?'
De Cock knikte.
'Ze namen contact op met Jeroen van Moerdijk en die maakte met hen een afspraak voor een afrekening van de diamanten

op de kop van het Stenen Hoofd. Ik heb aan Pieter de Goede gevraagd waarom na de moord op Harold de Vries niemand van hen op de gedachte kwam, dat Jeroen van Moerdijk wel eens de moordenaar kon zijn.'
'En?'
'Pieter de Goede zei: "We waren alle drie verblind door het geld dat ons te wachten stond. De dood van Harold de Vries betekende voor ons alleen dat wij de opbrengst van de diamanten nu slechts met drie man moesten delen... en niet met vier".'
Vledder boog zich naar voren.
'Welke rol speelde Adriaan van Bovenkerk?'
'Heeft Opdenbroecke jou dat niet verteld?'
Vledder schudde zijn hoofd.
'Hij zou het uitzoeken.'
De Cock lachte.
'Ik weet het inmiddels.'
'Van wie?'
De oude rechercheur gniffelde.
'Van Maurice de Bouchardon. Toen ik hem vertelde dat zijn toekomstige zwager een moordenaar was, gaf hij opening van zaken. Adriaan van Bovenkerk had hem benaderd, omdat hij vermoedde dat de partij diamanten uiteindelijk wel aan de firma De Bouchardon zou worden aangeboden.'
De Cock keek Vledder lachend aan.
'Adriaan van Bovenkerk... die man heeft jou, geloof ik, slapeloze nachten bezorgd.'
'Ik vond hem verdacht.'
De Cock schudde zijn hoofd.
'Dat was hij niet. Adriaan van Bovenkerk is een peperdure schade-enquêteur. Hij werkte voor de maatschappij bij wie de verdwenen partij diamanten was verzekerd. Omdat hij in Antwerpen bij zijn onderzoek in het voormalige bedrijf van François Vandenberge niet verder kwam, ging hij ervan uit, dat Vandenberge de partij diamanten wel degelijk had meegenomen. In het camouflagekleed van een zwerver ging hij naar Amsterdam. Hij wist in welk pand aan de Oostenburgergracht François Vandenberge was overleden en hij kwam er... eerder dan wij...

achter welke zwervers er ten tijde van dat overlijden in hetzelfde pand hadden gewoond. In de hoop de diamanten te achterhalen, ging hij hun gangen na en kwam daardoor in ons gezichtsveld. Het is jammer dat hij ons niet eerder heeft geopenbaard wie hij was en wat hij wist.'
Vledder grinnikte.
'Hoe kwam het dat Jeroen van Moerdijk in zijn zwerverskledij zo stonk?'
De Cock lachte.
'Een oude truc. Hij kocht in een feestwinkel van die glazen stinkbommetjes, waarmee wij vroeger op school onze leraar pestten door zo'n bommetje in de klas stuk te trappen.'
'En met dat spul smeerde hij zich in?'
De Cock schudde zijn hoofd.
'Hij smeerde het aan zijn oude regenjas. Het was die stank die Jules de Graaf rook toen hij hem in het donker passeerde.'
De oude rechercheur hield zijn glas omhoog.
'Zijn er nog vragen?'
Vledder keek hem aan.
'Is Pieter de Goede strafbaar?'
De Cock glimlachte.
'Dat onderwerp zouden wij niet ter sprake brengen.'
Vledder hield zijn gezicht strak.
'Is hij strafbaar?'
De Cock knikte.
'Ik heb aan de officier van justitie verteld welke deal ik met Pieter de Goede heb gesloten en hij heeft mij beloofd dat hij hem niet zal vervolgen. Pieter de Goede is inmiddels weer thuis bij zijn moeder in Antwerpen.'
De oude rechercheur schonk zijn gasten nog eens in en liet zich in zijn fauteuil terugzakken. De uiteenzetting had hem wat vermoeid.
Mevrouw De Cock verdween naar de keuken. Ze kwam terug met schalen vol lekkernijen en liep presenterend rond.
Na momenten van bezinning werd het gesprek algemener.
De gruwelijke gebeurtenissen aan de kop van het Stenen Hoofd raakten wat op de achtergrond.

Het was al vrij laat toen de laatste gasten vertrokken. De Cock nam zijn derde glas cognac. Zijn vrouw schoof een poef bij en ging pal tegenover hem zitten.

'Ze hebben het vanavond niet gevraagd,' sprak ze liefjes, 'maar waar is die partij diamanten gebleven?'

De Cock gebaarde voor zich uit.

'In de kluis bij Justitie. De officier moet maar uitmaken wie de rechtmatige eigenaar is.'

'Heb jij de diamanten naar Justitie gebracht?'

De Cock knikte.

'Jeroen van Moerdijk had de gordel met diamanten onder de vloer van zijn woning verstopt. Ik heb ze daar op zijn aanwijzing gevonden.'

Mevrouw De Cock keek haar man stralend aan.

'Heb jij ze in je handen gehad?'

De Cock knikte opnieuw.

'Ik heb ze stuk voor stuk bekeken.'

'Waren ze mooi?'

De Cock schoof zijn onderlip vooruit.

'Schitterend.'

'Kon die schittering je niet in de verleiding brengen om er een paar achter te houden?'

De Cock schudde langzaam zijn hoofd. Om zijn mond dartelde een glimlach.

'Diamanten... je kunt ze niet eten.'